Couverture inférieure manquante

Début d'une série de documents
en couleur

CATULLE MENDÈS

POÉSIES NOUVELLES

TOME TROISIÈME DES POÉSIES

Hélas !
Les vaines amours. — Hymnaire
des amants.

PARIS

BIBLIOTHÈQUE - CHARPENTIER

G. CHARPENTIER ET E. FASQUELLE, ÉDITEURS

11, RUE DE GRENELLE, 11

1892

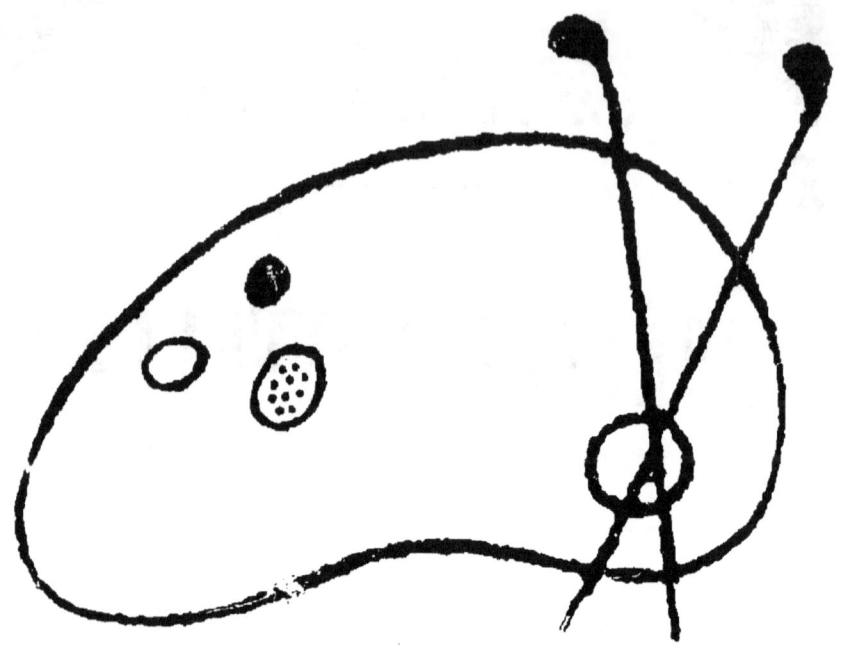

Fin d'une série de documents
en couleur

POÉSIES NOUVELLES

IL A ÉTÉ TIRÉ VINGT EXEMPLAIRES NUMÉROTÉS
SUR PAPIER DE HOLLANDE.

Sceaux. — Imp. Charaire et Cie.

CATULLE MENDÈS

POÉSIES NOUVELLES

— TOME TROISIÈME DES POÉSIES —

AVEC UN PORTRAIT DE L'AUTEUR, EAU-FORTE DE F. DESMOULIN

HÉLAS — LES VAINES AMOURS

HYMNAIRE DES AMANTS

PARIS

BIBLIOTHÈQUE-CHARPENTIER

G. CHARPENTIER ET E. FASQUELLE, ÉDITEURS

11, RUE DE GRENELLE, 11

1892

CATULLE MENDÈS
1892.

HÉLAS

1

HÉLAS

Un jour, pâle de jeûne et de froid, et des nuits
Sans asile, et des jours qu'allongent les ennuis,
Un homme, las enfin, sur la route mauvaise
Se laissa choir.

    « Hélas! » dit-il.

        Deux yeux de braise
Flambèrent! et, du chef déchirant le jour bleu,
Une forme surgit, faite d'ombre et de feu,

Terrible et triste, atroce avec mélancolie.

Alors, plein de peur, l'homme à la face pâlie
Cria : « Que me veux-tu, Satan ? » Puis, il reprit :
« Au nom du Père, du Fils et du Saint-Esprit,
Ne me tente pas, fuis, va vers qui te réclame ! »

Le démon dit : « Tu m'as appelé.

                        — Boue et flamme,
Tu mens ! Va-t'en d'ici !

                — Tu m'as appelé.

                          —Non !

— Tu n'as point dit : hélas !

                   — Je l'ai dit.

                     —C'est mon nom. »

LES LARMES ROUGES

Plus loin que la Scythie inconnue et les monts
De neige, par delà les bords que nous nommons,
La bataille mêlait en d'horribles vacarmes
Âpres cris, râles, chocs de chars, entreheurts d'armes,
Et sous l'énorme duel vibrait le sol profond.
L'homme à l'homme rué comme une bête fond

D'un fer atroce ouvrait des gorges ou des ventres.

Mille lions jaillis des faméliques antres

Auraient rugi moins haut que ce combat hurleur.

Eux-mêmes, par l'effroi contraints à la valeur,

Les faibles étaient forts et les lâches féroces;

Les flancs sous les couteaux, les crânes sous les crosses

Saignaient; on aurait dit, tant l'exécrable champ

Fut rouge, qu'y fluait tout le soleil couchant;

Chaque ornière, chair, sang et fange, était une auge

Où l'immonde vainqueur mange, boit et patauge;

Et l'innombrable vol croisé des javelots

Sur la mêlée et les fiers cris et les sanglots

Arrondissait un ciel de grouillantes ténèbres!

Puis vint la nuit; les nuits sont les trêves funèbres;

Et dans l'obscure plaine où gisaient entassés

Les blessés sur les morts, les morts sur les blessés,

Le sang coulait toujours de leur chair tailladée.

Or, ce soir, sous un bois de palmiers, en Judée,

Des hommes sur le sable étaient assis en rond;

Vêtus de lin, l'espoir aux yeux, le rêve au front,

Ils mangeaient en levant des bras aux blancs sillages
Le pain qu'on leur avait donné dans les villages,
Et parlaient bas, très doux, très calmes, en l'oubli
De la peine et la paix de leur jour bien rempli;
Et chaque manche au sol mettait l'ombre d'une aile.

Un seul, environné de douceur solennelle,
Ne mangeait pas le pain de l'aumône, et pleurait,
Silencieux. C'était Jésus de Nazareth,
L'Agneau-Pasteur qui mène au ciel les âmes paître.

Et Pierre dit : « Seigneur, pourquoi pleurez-vous ? — Maître,
Pourquoi pleurez-vous ? » dit Mathieu. Qu'il entendît
Ou non, Jésus resta muet. Alors, Jean dit :
« La vision, ô cher Seigneur, vous hante-t-elle
Du jour d'amère angoisse et de sueur mortelle,
Où le peuple insensé maudira votre nom ? »
Mais Jésus en pleurant lui fit signe que non,

Et les pleurs ruisselaient des yeux du Fils de l'homme,
Et Jean vit que ces pleurs étaient tout rouges, comme
Un suintement vermeil de plaie ouvrant ses bords.

Jésus pleurait le sang des blessés et des morts.

UTILITÉ D'ÊTRE BON

(Talmud de Jérusalem.)

Israël dit : « Si l'on rencontre d'aventure
Son ennemi dormant, près de quelque ouverture
De gouffre, sur un roc ou la planche d'un pont,
Que convient-il de faire ? » Et le Talmud répond :
« Que sur la passerelle il dorme ou sur la cime,
Ne fais pas choir celui que tu hais dans l'abyme

Malgré l'occasion du sommeil et du lieu;
Car, sachant que tu l'y poussas, le Seigneur Dieu
Détournerait de toi sa face avec colère
Et le protégerait! Mais, doux et tutélaire,
Éveille le dormeur, lentement, de la main,
L'avertis du péril, le mets en bon chemin
Vers le vallon après quelque souhait propice;
Car, sachant que tu n'as point dans le précipice
Poussé ton ennemi, Dieu qu'on ne peut tromper
T'aura pour agréable et l'y fera tomber. »

L'ÉPITAPHE D'UN ARCHER

A SILVAIN.

De vivre ou d'être mort, passant, vivre est le pire.
Honore en son sépulcre Arkhémoros d'Épire
Qui fut archer ; il dort sous le roc, près des flots.

L'ombre habita ses yeux avant qu'ils fussent clos ;
Apprends comment.

       A plus de deux stades, sa flèche
Dans le granit très dur comme en la pierre blèche

Entrait, subite et sûre, au point qu'il désigna.

S'il chassait l'ours au mont Othrys ou vers Pydna

L'ours au rude poil brun dont le chef toujours bouge

S'abattait roide, ayant à l'entr'œil le poil rouge.

Son trait dans la nuée où l'aurore a souri

Traversait, envolée alouette, ton cri!

Et le son s'égouttait en une larme rose.

Aux terres que l'Ister de ses flots froids arrose

Le Scythe dont le dard de fer sans s'ébrécher

Fend le roc, célébrait le nom de cet archer;

L'Amazone rôdant sur la rive lacustre

Disait : « Arkhémoros d'Épire est très illustre;

Lorsqu'on voit, les étés, au lointain du soir bleu,

Des étoiles tomber, c'est qu'il les a, par jeu,

De sa fenêtre, l'une après l'autre blessées! »

Et lui, fameux, s'enflait d'arrogantes pensées,

Écoutant dans le bruit du carquois à ses reins

Une rumeur d'escorte et de sonnants airains,

Si fier qu'ayant reçu de Sapor, roi de Suse,

Un arc d'argent : « S'il m'est offert pour que j'en use

Dans les combats, le mien me suffit, roi Sapor!

Et si c'est un présent d'honneur, que n'est-il d'or? »

Mais un enfant, chasseur d'oiseaux sur les collines,

Vint. « Ma sagette vaut cestres et javelines,
Dit-il; à trois cents pas je jure d'en boucher
Ce trou de mur, moins grand que ta prunelle, archer ! »
Arkhémoros railla. « Prends donc sous ma paupière
Mon œil pour cible au-lieu d'un vil trou dans la pierre. »
Et, de l'ongle, il montrait son œil droit, fixe et nu ;
Car lui seul, de si loin, en un point si menu,
Eût pu frapper : le trait choirait dans la pierrière.
Mais le berger compta trois cents pas en arrière,
Banda son arc, lâcha la corde, et jaillissant
La flèche perça l'air et la prunelle en sang!
Alors Arkhémoros hurla trois fois, de rage,
Et pour ne jamais voir, insupportable outrage,
L'enfant vainqueur bondir et rire en son orgueil,
Il arracha la flèche et s'en creva l'autre œil.

L'EUROPE

Non, il n'a pas suffi d'un lourd cahos tournant
De matière pétrie en des malströms de flammes
Pour que surgît l'Europe hospitalière aux âmes :
Ta pâte eut pour levain l'Esprit, ô Continent !

Géant sacré, couché du levant au ponant,
Tu médites parmi le chœur plaintif des lames ;
Nos fiers défis, par tes etnas, tu les proclames,
Et l'univers s'allume à ton cri rayonnant !

Mais pour mieux ressembler au divin Prométhée
Il te fallait la plaie au flanc, imméritée ;
Et c'est pourquoi le Sort, mystérieux vainqueur,

Jugeant à plus de bién plus de mal nécessaire,
Sans relâche, à grands cris, du bec et de la serre,
S'acharne horriblement sur la France, ton cœur !

ARISTOCRATIE

Souffrir d'aimer, c'est ta noblesse,
Homme! Bénis l'amour cruel
Et sois fier du mal dont te blesse
        Ce duel.

2.

Dans les épiniers et l'yeuse
Que le printemps a rajeunis,
Une chanson monte joyeuse
    Des nids;

Sous le vent, baiser sans parole,
L'aurore seule met des pleurs
A la défaillante corolle
    Des fleurs;

Même dans l'ombre sépulcrale
Où l'hyène a ses rendez-vous
L'affreux rut du fauve qui râle
    Est doux;

Et des monstres hauts d'une lieue
S'accouplent sans frissons amers
Entre le ciel et l'ombre bleue
    Des mers!

La chose et la bête, dès l'heure
Où l'amour les vient allumer,
Tout pâme, ou rit. Mais l'homme pleure
D'aimer !

L'EMBARQUEMENT POUR L'IDÉAL

Dédaigneux des sûres attentes
Et des espoirs peu hasardeux,
Veux-tu nous en aller tous deux
Sur l'infini des eaux chantantes ?

Vers les illusions flottantes
Des lointains îlots fabuleux
Nos voiles dans les déserts bleus
Seront de voyageuses tentes.

Laissons à l'appétit humain
Les bonheurs trop près de la main ;
Et, chercheurs de sublimes grèves,

Veuille un Dieu qu'on aime à rêver
Nous donner d'y tendre sans trêves
Et de n'y jamais arriver !

L'OISEAU SUR LA MER

Ah! quelle est loin, et blanche, et frêle,
La petite voile, là-bas,
Si petite qu'on ne croit pas
Voir une voile mais une aile!

Sans doute un mirage l'appelle
A travers l'onde aux durs combats
Vers la grève vierge de pas
D'une île en fleur, blanche comme elle?

Barque au voyage sans retour !
Un oiseau, las, palpite autour
Du grêle mât d'où pend la flamme,

S'y pose, ou bien y meurt, qui sait ?
Le ciel et la mer croient que c'est
Une hirondelle... c'est mon âme.

LA PORTE QUI NE S'OUVRIRA PAS

I

Derrière cette porte close,
Porte d'or et de diamant,
Rayonne et flambe éperdûment
Une adorable apothéose.

Là, les désirs réalisés
Ruissellent, trésors, hors des coffres :
Aveux, promesses, tendres offres,
Regards mourants, frissons, baisers !

Là, par touffe de pierreries,
Jades neigeux, rubis ardents,
S'épanouit, montrant les dents,
Le rire des bouches fleuries,

Et pur comme le jour qui point
Et met toute l'ombre en déroute,
Un kohinor luit sous la voûte :
C'est le Serment qui ne ment point !

Là sont aussi, par tas de gloires,
Les diadèmes radieux
Et le glaive des héros-dieux
Avec le clairon des victoires,

Et la palme, et les lauriers verts
Dont les nations enfin justes
Divinisent les fronts augustes
Des rhapsodes aux nobles vers!

II

Or, en mon rêve qui s'obstine,
Je sais qu'un Mot, en un instant,
Ferait s'écarter le battant
De cette porte adamantine.

Sésame à qui tout céderait,
C'est le nom d'une enfant, si blanche,
Qui sortit, corbeille à la hanche,
Un jour d'avril, de la forêt.

Qu'elle était blanche! Tout près d'elle
Je crus en regardant ses mains
Qu'elle avait cueilli des jasmins,
Et sa manche avait l'air d'une aile.

Mais sans rien me laisser sinon
Un parfum de fleur envolée,
L'enfant, hélas! s'en est allée,
Et je n'ai jamais su son nom.

CORTIGIANA

D'après Blanchard.

Dans le hanap charnu de ta bouche un peu grasse
Et dans tes yeux peuplés de crimes anciens
Les riches étrangers et les patriciens
Boivent le philtre impur qui soûle et qui terrasse.

L'épargne des aïeux et l'honneur de la race
Sont la rançon de ceux que le Charme a fait siens;
Mais toi, dans la chaleur des soirs vénitiens,
Tu railles qui t'adore et tu hais qui t'embrasse.

3.

Tu n'aimes rien, sinon l'or et les joyaux lourds,
Rien, pas même ton corps aux languissants contours,
Aux longs bras enlaceurs comme de lents reptiles,

Ton divin corps infâme où la beauté fleurit!
Comme un artisan las du métier qui nourrit
Mépriserait l'outil des besognes utiles.

LA RODEUSE

Sur le beau chemin de neige et de saules
Une pâle fille un soir m'a souri,
Pâle et frêle autant qu'un lys défleuri,
Sans cheveux au front ni chair aux épaules.

Comme une qui rôde et quête un amant
Elle chuchotait des mots déshonnêtés ;
Les os de ses doigts, grêles castagnettes,
Cliquetaient dans l'air, et c'était charmant.

« Venez, venez donc, passant ! disait-elle ;
Mon lit est tout près sous les chênes verts,
Et dans le drap blanc la mite et les vers
Ont fait tant de trous, qu'il est en dentelle.

Je ne fleure pas le musc adouci
D'une errante odeur de verveine et d'ambre ;
Mais dans mon logis mieux clos qu'une chambre
Tu me trouveras parfumée aussi.

La chair des flancs nus qu'étreignaient tes fièvres
Ne vaut pas mon torse où passe le vent ;
Ne veux-tu point, las du plaisir vivant,
Mettre enfin ta lèvre à des dents sans lèvres ?

Mais le plus parfait des ravissements
Que j'offre en la nuit de la fraîche couche
C'est qu'après un seul baiser sur ma bouche
Je laisse dormir en paix mes amants.

Je ne suis pas la maîtresse, oppressée,
Nerveuse, et les dents dans ses cheveux d'or,
Qui remue au lit, bâille, et bouge encor,
Et soupire pour être caressée.

Ni plainte, ni pleurs, ni souffle parmi
L'infini silence où je te convie... »
Je la reconnus quand je l'eus suivie,
Et son lit est bon, et j'ai bien dormi.

LE VIEUX LOGIS

Fermé, mon cœur. J'ai clos la porte et les croisées
Que bat en vain le clair amour ! Mon cœur, fermé,
Est comme un très ancien logis désert, calmé,
Où languit la lueur des glaces apaisées.

Dans la pénombre et dans le silence endormi
Qu'enchante le regret des fêtes disparues,
Le salon suranné loin du fracas des rues
Se recueille en un luxe éteint, pensif, ami.

Dans l'or des cadres, sur le fond bleu des vieux sèvres,
Survivent adoucis les vingt ans des aïeux ;
Les lents satins glissant des plafonds camaïeux
Sont pleins d'un très muet susurrement de lèvres.

L'épinette où la main d'une reine jouait
S'ébauche bleue et blanche en le doux crépuscule ;
Une tapisserie, Omphale avec Hercule,
Sourit encore, ayant une rose au rouet.

Et c'est une demeure antique et tendre, exquise,
Où comme des acteurs qu'évoque le décor
Pourraient venir, déjà spectres, charmants encor,
Près des cendres s'aimer le Comte et la Marquise.

Mais si votre soleil, amour ! y pénétrait,
Le logis avoûrait sous la lueur sincère
Toute sa flétrissure et toute sa misère :
Lambeaux, haillons, débris, ruine ! — Et l'on verrait

Dans la poussière hélas ! par le plein jour baignée,
Sous les lambris, à tous les coins, de vieux remords
Repus d'avoir séché l'aile des espoirs morts
Tendre hideusement leurs toiles d'araignée.

LE TRISTE INSTINCT

Que peut-il m'arriver qui vaille d'en sourire ?
Que peut-il m'advenir qui vaille d'en pleurer ?
Le vain bonheur m'apprit le dédain d'espérer,
Le mal que j'ai subi peut défier le pire.

Providence, Hasard, ta clémence ou ton ire
Ne me peut désormais ravir ni torturer ;
Et, pareil au captif que l'on vient de murer,
Je n'attends ni le jour ni la nuit ! Je respire,

Voilà tout. J'accomplis la morne fonction

D'être homme, sans espoir, regret, ni passion;

Ah! cent fois mieux vaudrait cracher mon âme pleine

De dégoûts! mais le triste instinct de vivre encor

Veut qu'en mes longs ennuis d'avare sans trésor

Je prenne et rende au vent qui passe mon haleine!

POUR QUATRE POÈTES

POUR THÉODORE DE BANVILLE

O Symbole! Géant! Bel arbre aux feuilles lisses!
THÉODORE DE BANVILLE.

(AU LAURIER DE LA TURBIE. Nice, février 1860.)

« Sous ta verte splendeur par le soleil fourbie,

Éternellement verte en l'éternel été,

Je chanterai, laurier géant de la Turbie,

   Le poète qui t'a chanté.

Arbre auguste, triomphe épanoui, trophée!
Tu le frôlais d'un lent rameau musicien,
Et tu reconnaissais le front sacré d'Orphée
    Quand, rêveur, il levait le sien.

Il fut l'ardente joie en nos heures moroses,
L'amour d'être, l'amour d'aimer et de prier;
Ses vers étaient charmants comme vous, jeunes roses,
    Et hautains comme toi, laurier!

Musique astrale errante en claires théories,
Ils étaient ton écho radieux! et vermeils
Ils s'allumaient comme un miroir de pierreries
    Où dardent en plein des soleils.

La pourpre des midis brûlant la brocatelle
Où flambent dans les ors les rubis par milliers
Frangeait la traîne en feu de sa strophe, Immortelle
    Montant les divins escaliers!

Il défiait la nuit et ses monstres funèbres ;
Et sur le blanc cheval ailé d'aube et d'amour,
Pareil au roi Perseus, il fendait les ténèbres
　　D'un cri vainqueur, couleur du jour.

Homme ! il était l'éveil de tes mornes silences,
L'éclair divin dont ta pénombre étincela ;
Ses rimes se heurtaient comme des fers de lances
　　Dans les festins du Walhalla !

Et les femmes, la vierge aux pâleurs de camée,
Qui s'étonne, la franche épouse aux calmes yeux,
L'amante dont le cœur est une fleur pâmée,
　　L'aimaient, tendre et mélodieux !

Et puisque, sœur du luth qui fit s'élever Thèbes
Pierre à pierre, sa lyre aux sept cordes de feu
Évoqua du néant l'Olympe et les Érèbes,
　　Les dieux l'adoraient comme un dieu.

C'est pourquoi, haut laurier d'un jardin de délices,
Je chanterai son nom sous ta splendeur d'or vert ;
Et je te volerai tes belles feuilles lisses
        Pour sacrer son sépulcre ouvert ! »

Or, quand je fus entré dans le jardin de joie
Je m'étonnai. Le bel arbre n'était plus là.
Fut-il rompu d'un vent qui saccage et qui broie ?
        Ou bien quel éclair le brûla ?

Sous la beauté des cieux diaphanes et calmes,
Mi-closes, des rougeurs fleurissent les rosiers
Et l'on voit se mêler les ronces et les palmes
        En des baisers extasiés.

Lui, n'est plus ! La Couronne est tombée, et la Tête.
Plus tendre qu'une femme et plus fier qu'un guerrier,
Laurier de la Turbie ! il est mort, ton poète,
        Poète ! il est mort, ton laurier.

Et j'ai pleuré devant votre commun désastre. —

Mais, pensif, j'ai conçu, le mystère éclairci

Comme par le lever en mon âme d'un astre,

      Qu'il fallait qu'il en fût ainsi.

Puisque n'existait plus sur la terre mortelle

Le seul des fronts humains qui fût digne de lui,

Le grand arbre qu'un ange arracha d'un coup d'aile

      A travers les cieux s'est enfui.

Transplanté maintenant dans l'infini sans voiles,

Il se dresse plus grand, plus beau, parmi l'essor

Des séraphins volant d'étoiles en étoiles

      Et les hymnes des harpes d'or,

Et dans l'immense jour sans fin qui l'environne,

Diadème qu'un geste ineffable a posé,

Le Laurier, d'une gloire immortelle, couronne

      Maître! ton front divinisé.

POUR PUVIS DE CHAVANNES

(D'après un dessin.)

La Muse parle : « Enfant qui reçus le pouvoir
De charmer par le verbe auguste et le mystère
Du rhythme les vivants qui souffrent sur la terre,
Fuis cette humanité qu'il te plaît d'émouvoir.

Seul, inconnu, docile à l'unique devoir
D'aimer et d'exalter le Beau que rien n'altère,
Chante pour tous, mais loin de tous, voix solitaire!
Comme le rossignol qu'on entend sans le voir.

Droits sur les chars de guerre, ou courbés aux charrues,
Ou surchargeant leurs nefs de richesses accrues,
D'autres vivront parmi la joie et le tourment;

Sans envier leurs biens ni subir leurs désastres,
Toi, pense, rêve et chante infatigablement,
Une main sur la lyre et le front vers les astres! »

POUR FÉLICIEN ROPS

En ton œuvre orgiaque et morne,
Grand maître impur !
Se mêle aux rires fous un dur
Ricanement de blême Norne.

Tes stryges et tes satyresses
      Aux tristes yeux
Jettent à la candeur des cieux
Le défi des sales caresses.

Elles insultent, de l'ordure
      De leurs baisers
Par le crime désapaisés,
L'Amour, la Mort, tout ce qui dure,

Et leurs bouches, torses, béantes,
      Aux belles dents,
Dévorent de souffles ardents
Les sexualités géantes.

Ronde abominable! furies
      De monstres gais,
Qui font boire aux sens fatigués
L'ivresse rouge des tûries!

Funèbre au delà de l'étrange!
    Gouffres hantés
Par les impossibilités!
— Mais, dans le plus noir coin, un Ange

Regarde, en cet enfer que Dante
    Ne connut point,
Le Ciel en se rongeant le poing
Et pleure, l'aile aux reins pendante.

5.

POUR ALBERT GLATIGNY

O vagabond, frère des Dieux,
Qui pour l'amour de la Chimère
Grimpas vingt ans la côte amère,
Les pieds saignants, l'œil radieux ;

Toi qui, sous les ténébreux voiles
D'où l'astre épanche ses rayons,
Aimais les trous de tes haillons
Ouverts au baiser des étoiles ;

Toi qui rêvas, toi qui chantas,
En l'étroite nuit, les dorées
Amplitudes des empyrées,
Et l'Olympe, en des galetas,

Pour la Muse, surnaturelle
Extase de nos cœurs épris,
Certes, pauvre âme, tu souffris,
Mais que tu fus heureux par elle !

Poëte errant ou bateleur
A qui l'hôte ferme la porte,
Tu dormais en plein champ ? Qu'importe
Lorsque la luzerne est en fleur !

Tu buvais l'eau des sources vives,

Tu t'attablais aux noisetiers ;

Maigre festin ; mais vous étiez,

La fauvette et toi, les convives.

Si, rousse et rouge, te bouda

La maritorne de l'auberge,

Tu voyais en leur neige vierge

Les trois déesses de l'Ida !

Et tu sus mépriser l'insulte

Dont les sots, au temps où tu vins,

Bafouaient les Songes divins

Qu'adorait ton fidèle culte ;

Ni la honte et l'angoisse, ni

La faim, n'usaient ton âme sûre ;

Plus fort après chaque blessure

Et plus fier d'être plus honni,

Toujours prêt au malheur sans trêve,
Tu n'as pas un seul jour pleuré !
Et tu riais en l'heur sacré
D'être le martyr de ton rêve.

Maintenant, au lointain vermeil
De la sidérale nature,
T'emporte encore l'aventure,
Mais c'est de soleil en soleil !

En toi, pur esprit, presque un ange,
L'ancien vagabond est resté,
Mais c'est sur le chemin lacté
Qu'il cherche l'auberge ou la grange.

Redoutant que d'un horion
L'hôte maussade ne te vexe,
« Dormirai-je, dis-tu, perplexe,
Dans Persée ou dans Orion ? »

Pour vivre il faut que tu te mettes
Près d'une rampe d'astres d'or
A charmer par des vers encor
Ce public fuyard, les comètes;

Sur la Voie aux splendeurs de lys,
Dans le Chariot dont les roues
Sont d'aurore et d'éclair, tu joues
Tes drames, obstiné Thespis!

Et, fou de ton ancien délire,
Tu vas plus hardi qu'Ixion
Vers cette constellation
Formidable et belle, la Lyre!

Tu l'atteindras, âme, en plein ciel,
Et si, les soirs, de la nuée
Tombe une plainte atténuée
Ou quelque chant torrentiel,

C'est qu'enfin, derrière les toiles
D'ombre et d'u. et d'azur voilé,—
Tes doigts, poète, auront frôlé
L'énorme luth à dix étoiles!

LES

VAINES AMOURS

Combien aussi de rêves roses
Se flétriront ?
Renaîtront-ils, lorsque les roses
Refleuriront ?

JACQUES MADELEINE.

6

RÉCAPITULATION

Rose, Emmeline,
Margueridette,
Odette,
Alix, Aline,

Paule, Hippolyte,
Lucy, Lucile,
Cécile,
Daphné, Mélite,

Arthémidore,
Myrrha, Myrrhine,
Périne,
Naïs, Eudore,

Jeanne, Antonie,
Flore, Florise,
Charise,
Appolonie,

Héloïse, Aure,
Aminte, Aimée,
Edmée,
Edmonde, Isaure,

Marthe, Roberte,
Blanche, Blandine,
Blondine,
Berthe, Adalberte,

Emma, Germaine,
Ève, Éveline,
Cœline,
Chloé, Clymène,

Thècle, Yolande,
Dora, Bathilde,
Othilde,
Yseult, Rolande,

Théodeline,
Irma, Clémence,
Hermance,
Zoé, Zerline.

6.

Nyse, Oriane,
Lise, Egérie,
Marie,
Gotte, Ariane,

Clara, Clarine,
Lison, Lisette,
Suzette,
Aventurine,

Plectrude, Ortrude,
Javotte, Urgèle,
Angèle,
Inès, Gertrude,

Claire, Christine,
Elvire, Elmire,
Palmyre,
Diamantine,

Caliste, Annie,
Grâce, Ethelinde,
Clorinde,
Callisthénie,

Zulma, Zélie,
Régine, Reine,
Irène !...
Et j'en oublie.

I

Les Amours de Juliette

PROLOGUE

D'une chanson que je ferai
Tant sera votre âme charmée
Que Philomèle en la ramée
Jalousera l'énamouré.

Vos chers yeux d'or je baiserai,
Pour prix, et ta gorge pâmée,
D'une chanson que je ferai
Tant sera votre âme charmée.

A moins que les vents à leur gré
Vers plus d'une autre bienaimée
N'emportent comme une fumée
Le volage encens déchiré
D'une chanson que je ferai.

I

Pour une qui hésite

Tu veux bien, mais tu ne veux pas,
Ton œil dit oui, ta main repousse ;
Pour baiser l'ongle de ton pouce,
Il a fallu de grands combats !

Si je guette un coin de ton bas
Sous le volant qui se retrousse,
Tu veux bien, mais tu ne veux pas ;
Ton œil dit oui, ta main repousse.

Et cependant, quand triste et las
De ces jeux cruels, par secousse
Je veux partir et me courrouce
Et prends la porte à grands fracas,
Tu veux bien, mais tu ne veux pas.

II

Pour une qui a résisté

Ne dis point : « J'en suis réchappée; »
Je ris de ta rébellion.
Ils n'ont pas d'ongles de lion,
Tes courroux d'oiselle attrapée.

Si tu mords, fauvette huppée,
Crains la peine du talion !
Ne dis point : « J'en suis réchappée; »
Je ris de ta rébellion.

Tu criais, de pudeur drapée :
« Non ! non ! pas pour un million ! »
Mais je fus le Pygmalion,
O mignonne, d'une poupée !
Ne dis point : « J'en suis réchappée. »

7

III

Le cri

Pour l'avoir entendu, ce cri
De ta pudeur enfin brisée,
J'ai triomphé comme Thésée
Sur Antiope au flanc meurtri!

Vous avez, en pleurant, souri
Et rougi, petite épousée,
Pour l'avoir entendu, ce cri
De ta pudeur enfin brisée.

Et le bois qui fut notre abri
A plus de fleurs sous la rosée,
Plus d'oiseaux, de brise embrasée
Autour du buisson refleuri,
Pour l'avoir entendu, ce cri!

IV

Avant, Après

Avant d'aimer, que faisais-tu?
Souviens-toi des heures moroses.
Ce n'étaient que des fleurs, les roses,
Au temps de ta froide vertu.

Mais, maintenant, ton œil battu
Y sait voir des bouches écloses.
Avant d'aimer, que faisais-tu?
Souviens-toi des heures moroses.

Dès que ton sein fut dévêtu,
Ton cœur a compris tant de choses!
Toutes les robes sont des proses;
Le vers vaut mieux, même impromptu.
Avant d'aimer, que faisais-tu?

V

Rires éteints

Naguère mutine et maligne,
Juliette rit beaucoup moins ;
La gaîté meurt très vite aux coins
De sa bouche qui se résigne.

Linotte, elle a les airs d'un cygne
Languissant ! Elle a donc des soins ?
Naguère mutine et maligne,
Juliette rit beaucoup moins.

C'est que l'amour qui nous fait signe
D'unir nos lèvres sans témoins,
A la courbe des baisers joints
Chère bouche ! a soumis ta ligne
Naguère mutine et maligne.

VI

Midi, Minuit

« Juliette, quelle heure est-il?
— Midi bientôt, dit la mignonne;
Quittons-nous; ma mère grognonne
Et fronce au logis le sourcil. »

Moi, j'avais le cœur sur le gril
Pour ses airs de petite nonne.
« Juliette, quelle heure est-il?
— Midi bientôt, » dit la mignonne.

Mais je baisais encor l'avril
De sa lèvre où l'amour fleuronne,
Quand l'étoile au ciel qui rayonne
Scintilla, couleur de béryl!
« Juliette, quelle heure est-il? »

7.

VII

Infériorité des fleurs

Puisque les fleurs n'ont qu'un calice
Tu ne ressembles pas aux fleurs.
Elles ont en vain les couleurs
De ta peau blanche et rose et lisse ;

En vain la gourmande mélisse
Pour tes parfums prendrait les leurs ;
Puisque les fleurs n'ont qu'un calice
Tu ne ressembles pas aux fleurs.

Et moi, fou d'un double délice,
Je prends en pitié ces voleurs
De baisers, les vents enjôleurs
Dont sur les lys le souffle glisse,
Puisque les fleurs n'ont qu'un calice !

VIII

Tendresse de monstre

O ma Prospéra! de ta grâce
Je suis le tendre Caliban;
J'irai te chercher au Liban
Des figues et du miel à Grasse.

Les joyaux et l'or qu'il entasse
Faut-il les voler au forban?
O ma Prospéra! de ta grâce
Je suis le tendre Caliban.

S'il faut, avant que l'on t'embrasse,
Garder les troupeaux de Laban,
Donne pour collier ton ruban
A ce bon loup qui suit la trace
O ma Prospéra! de ta grâce.

IX

La quête

Puisque vous êtes la quêteuse
Au temple de l'amour païen,
Le plus ladre met tout son bien
Dans l'aumônière quémandeuse.

Hélas ! mon escarcelle est creuse !
C'est affreux de ne donner rien
Puisque vous êtes la quêteuse
Au temple de l'amour païen.

Pourtant j'ai l'humeur généreuse
D'un prince ou d'un bohémien...
Ouvre ton cœur ! j'y mets le mien
Tout tremblant d'une angoisse heureuse,
Puisque vous êtes la quêteuse.

X

Bouquet triste

Toutes les roses du passé
Me parfument le cœur encore
D'un lent parfum qui s'évapore
Comme un chant de cygne blessé.

Captives d'un doux in-pace
Où nul hiver ne les déflore,
Toutes les roses du passé
Me parfument le cœur encore.

Ne prends pas un air courroucé,
Toi, l'espérance, toi, l'aurore,
Si ce cœur hélas ! qui t'adore
Mais se souvient, t'offre, lassé,
Toutes les roses du passé !

II

Amours diverses

I

Pour une petite poétesse

Sonneuse de sonnets, Thérèse
N'a pas de rimes qu'en ses vers :
Ses chers yeux sont deux saphirs verts
Et sa lèvre double se baise.

Sa gorge aux deux pointes de braise
Semble deux coupes à l'envers ;
Sonneuse de sonnets, Thérèse
N'a pas de rimes qu'en ses vers.

Mais il n'est point, même mauvaise,
De rime à tous les mots divers :
Je sais dans un fourré pervers
Un fraisier qui n'a qu'une fraise,
Sonneuse de sonnets, Thérèse !

8

II

Pour une autre poétesse, moins jeune

Veux-tu nous souvenir ensemble
Et mêler nos tendres ennuis?
Tu diras tes amours, et puis
Je dirai les miens, que t'en semble?

Prompts comme un cheval qui va l'amble,
Les chers espoirs se sont enfuis;
Veux-tu nous souvenir ensemble
Et mêler nos tendres ennuis?

Dans nos cœurs plus rien ne ressemble
Aux extases des belles nuits ;
Ils ont peu de ciel, les vieux puits,
Bien qu'une étoile encore y tremble.
Veux-tu nous souvenir ensemble?

III

Pour une belle dévote

Les pieds nus nous irons à Lourde
En chantant de pieux refrains;
Ce n'est qu'au dire des flandrins
Que le miracle est une bourde.

La douce Vierge n'est point sourde
Aux prières des cœurs sereins :
Les pieds nus, nous irons à Lourde
En chantant de pieux refrains.

Bien que la fatigue soit lourde,
Nous serons d'heureux pèlerins
Si vos bras me ceignent les reins
Et si votre bouche est ma gourde!
Les pieds nus nous irons à Lourde.

IV

Pour une qui est endormie

Dans les bouillons de mousseline
Coulent tes cheveux de soleil ;
Le bout d'un sein, aux fleurs pareil,
Rose, écarte un peu la maline.

Sur son drageoir, l'ara s'incline
Comme pour guetter ton réveil ;
Dans les bouillons de mousseline
Coulent tes cheveux de soleil.

De sa patte noire, câline,
Qui n'alarme pas ton sommeil,
Il prend le bout du sein, vermeil,
Et le mord comme une praline
Dans les bouillons de mousseline.

V.

Pour la même, réveillée

Le sang d'une mûre fendue
A rougi la ronde pâleur :
Vous chassez l'oiseau querelleur
Qui, trop heureux! vous a mordue.

Cette faveur n'était point due
A qui n'en sait point la valeur.
Le sang d'une mûre fendue
A rougi la ronde pâleur.

A mon cou doucement pendue
Vous pleurez presque de douleur...
Mais moi, sur de la neige en fleur,
Je bois d'une lèvre éperdue
Le sang d'une mûre fendue.

8.

VI

Pour une qui aime trop

Je suis le merle, oiseau siffleur,
Vous êtes la petite branche ;
Moi, jaune et noir, vous, verte et blanche,
Moi, plein de chants, vous, toute en fleur.

Je t'offre mon rire enjôleur,
Donne-moi ta rose en revanche ;
Je suis le merle, oiseau siffleur,
Vous êtes la petite branche.

Mais si quelque ouragan-hurleur
Emportait, légère avalanche,
Les roses du rameau qui penche,
Ne compte pas sur ma douleur :
Je suis le merle, oiseau siffleur.

VII

Pour une qui n'aime pas assez

Il n'est que d'heureux lendemains
Après les heureuses journées.
J'ai baisé vos lèvres damnées
Au temps des lys et des jasmins ;

J'ai baisé vos coupables mains
Au temps des pervenches fanées :
Il n'est que d'heureux lendemains
Après les heureuses journées.

Si l'amour, par d'autres chemins,
Vous mène à d'autres hyménées,
Je sais des bouches adonnées
Au bonheur des tendres humains ;
Il n'est que d'heureux lendemains.

VIII

Sur le balcon

Voisine, votre petit singe
Trop souvent vous baise, à mon gré.
Vous avez le chignon doré
Comme les Gretchen de Thuringe;

Je vois vos seins — de quoi me plains-je? —
Gonfler le peignoir bien tiré;
Voisine, votre petit singe
Trop souvent vous baise, à mon gré.

Ah! le sournois! Il a fourré,
Entre vos jeunes seins de sphinge,
Son joli museau sous le linge.
Croyez qu'un jour j'étranglerai,
Voisine, votre petit singe.

IX

La servante

La belle servante d'auberge
Bien en chair, aux dents de carlin,
D'un bras tanné par l'air salin
Verse à boire aux gars sur la berge.

Sa gorge où l'amour se goberge
A pour enseigne un fichu plein;
La belle servante d'auberge,
Bien en chair, aux dents de carlin!

Et moi, las du baiser câlin,
Jusqu'à l'heure où l'aurore émerge
J'aime, sous des rideaux de serge,
Dans des draps qui sentent le lin,
La belle servante d'auberge.

X

Pour une qui ressemble
à la neige des Alpes

Pour la gorge de Marion
Plus blanche que la neige en Suisse
Et pour la splendeur de sa cuisse
J'accorde mon psaltérion.

Sous le sol, comme un perion,
Je veux bien que l'on m'enfouisse
Pour la gorge de Marion
Plus blanche que la neige en Suisse!

Et si, d'un vol d'alérion,
(En supposant que je le puisse!)
Jusqu'aux étoiles je me hisse,
Je redescendrai d'Orion
Pour la gorge de Marion!

XI

Pour la même
aussi blanche, moins chaste

Je suis ton pantin,
O Marionnette!
Tu n'es pas honnête,
Je suis libertin.

La gloire? un potin;
La vertu? sornette;
Je suis ton pantin,
O Marionnette!

J'eus le front hautain!
Fais en chansonnette
Tinter ma sonnette
Sous ton doigt lutin :
Je suis ton pantin.

XII

Le beau costume

« Chez l'ambassadrice d'Espagne
Irez-vous voir le fandango
En Esméralda de Hugo,
En Indienne aux guêtres d'alpagne?

En Gipsy qui bat la campagne
Et montre les seins tout de go,
Chez l'ambassadrice d'Espagne
Irez-vous voir le fandango?

— Non. En princesse du Congo
Qu'un troupeau de noirs accompagne.
— Eh! quel est ce costume? — Un pagne.
— Diantre! on aura le vertigo
Chez l'ambassadrice d'Espagne! »

XIII

Sommeil d'époux

Les maris sont de bons dormeurs ;
Ne crains pas que le tien s'éveille ;
Et laisse éclore la merveille
De tes lèvres aux miels charmeurs.

Donne au plus épris des rimeurs
Cette double rime vermeille !
Les maris sont de bons dormeurs ;
Ne crains pas que le tien s'éveille.

Au bruit des baisers dont je meurs
Dans une extase non pareille,
Il rêve entendre les rumeurs,
Sur son nez, d'une vague abeille ;
Les maris sont de bons dormeurs.

XIV

Pour Madame la Marquise

Nous danserons une gavotte
Sur un très vieux air de Lulli;
A ce passé noble et joli
Votre jeune grâce est dévote. .

Plus d'une âme aujourd'hui vivote
Dans un spleen affamé d'oubli;
Nous danserons une gavotte
Sur un très vieux air de Lulli.

Tandis que, sans nul patchouli,
La virago qui fut Javotte
Fait des lois, crie aux armes, vote
Pour que l'amour soit aboli,
Nous danserons une gavotte!

XV

La petite fille et les martinets

« Je le sais, dit-elle, fort bien,
« Bleus martinets des cheminées,
« Que les nids sont pleins d'hyménées
« Dans les fourrés de Saint-Gratien.

« Que dans le souffle aérien
« Rôde une odeur de graminées,
« Je le sais, dit-elle, fort bien,
« Bleus martinets de cheminées ! »

Puis, en desserrant le lien
Des batistes enrubannées
Où fleurit, rose, une ombre, un rien,
« Que les églantines sont nées
« Je le sais, dit-elle, fort bien ! »

XVI

Harmonie fleurie

Rose et Lise, de liserons
Coiffez-vous! de menthe, Armandine!
Pour frais chapeau je vous destine,
Rolande, des rhododendrons.

Qu'Aglaé mette une églantine
Aux cheveux que nous baiserons.
Rose et Lise, de liserons
Coiffez-vous! de menthe, Armandine!

Pour que, frôlant tiges et fronts,
L'abeille doute si, lutine,
C'est femme ou fleur qu'elle butine.
Coiffez de roses de Sarons
Rose, et Lise de liserons.

XVII·

L'ingénue

Au couvent de Sainte Vesta
Où l'innocence est très farouche,
L'Abbesse ouvre, sur un piédouche,
L'Évangile que Dieu dicta.

Sans en perdre un seul iota
On écoute, un doigt sur la bouche,
Au couvent de Sainte Vesta
Où l'innocence est très farouche.

« La jeune fille, sur sa couche,
Pâle, dormait. On s'écarta,
Et Jésus la ressuscita.
— Combien de fois? » dit sœur Nitouche.
Au couvent de Sainte Vesta.

9.

XVIII

La station de Cythère

Quand le train fait halte à Cythère,
— Alcôve! deux heures d'arrêt! —
Le poète, cœur toujours prêt,
Dit : « Viens, mignonne! » et saute à terre.

Son amour fût-elle adultère,
Ne croyez pas qu'il dormirait
Quand le train fait halte à Cythère,
— Alcôve! deux heures d'arrêt! —

Mais, malgré l'espoir qui leurrait
L'épouse au sommeil moins austère,
Maint voyageur, banquier, notaire,
Ronfle de plus belle, il paraît,
Quand le train fait halte à Cythère.

XIX

Printemps triste

La seule branche de lilas
Que nous ayons cueillie ensemble,
Se fane sous ma lèvre, et tremble,
Pareille à mon pauvre cœur las.

Elle ne refleurira pas
Puisqu'à mon cœur elle ressemble,
La seule branche de lilas
Que nous ayons cueillie ensemble.

Pourtant, sous l'abri clair du tremble
Quand s'ouvrent tant de fleurs là-bas
Et tant d'autres lilas, hélas !
C'est toujours elle qui me semble
La seule branche de lilas...

XX

Le cadre sans tableau

Un cadre veuf, un cadre vide,
S'accroche au mur du vieux logis.
Coins de lèvres de fard rougis,
Gataléa, d'après Ovide,

Ou la duchesse de Nangis
Riait là. Le temps se dévide...
Un cadre veuf, un cadre vide
S'accroche au mur du vieux logis.

Et mon cœur aussi, cœur avide
Des bonheurs jamais resurgis,
Est, loin de la tombe où tu gis
Sans retour, ô morte perfide,
Un cadre veuf, un cadre vide!

XXI

Pour aucune

Ariel! verse du vin rose
Dans la coupe froide d'un lys!
Ce vin, la bouche des Phyllis
Ne le vaut pas, même déclose;

Cette coupe où le jour se pose
Vaut le hanap d'or du roi d'Is;
Ariel! verse du vin rose
Dans la coupe froide d'un lys!

Pour me guérir de la névrose
Qui me tient quatre jours sur dix,
(O Vénus! maudit soit ton fils!)
Il n'est pas de meilleure chose :
Ariel! verse du vin rose!

III

Les amours de Mésange

I

*Le poète s'interroge
quant au nom qu'il donnera à sa maîtresse*

Mésange ? Colombe ? Hirondelle ?
Son nom doit comme elle être ailé ;
Elle est prise, puisque je l'ai,
Mais, même en cage, on est oiselle.

Votre jupe, mademoiselle,
A des plumes à chaque lé.
Mésange ? Colombe ? Hirondelle ?
Son nom doit comme elle être ailé.

Et je veux, plein d'un tendre zèle,
Dans un rondel ou dans un lai,
Emprunter au peuple envolé
Quelque nom d'aile, digne d'elle ;
Mésange ? Colombe ? Hirondelle ?

10

II

Il n'hésite plus

Soyez sa marraine, Mésange,
Oiseau frivole et torturant!
La Colombe à l'amour se rend
En des douceurs de cygne et d'ange;

L'Hirondelle jamais ne change
De nid sous l'azur transparent.
Soyez sa marraine, Mésange,
Oiseau frivole et torturant!

Puisqu'avec une force étrange
La Mésange au bec déchirant
Entre ses grêles griffes prend
Les crânes d'oiseaux et les mange,
Soyez sa marraine, Mésange!

III

Il se rappelle
une promenade au bois de Boulogne

Entre les deux stores d'un fiacre
(T'en souvient-il, ma chère, dis ?)
Tes yeux lentement agrandis
Mouraient en leur humide nacre.

D'un baiser mouillé d'un miel âcre
Nous restâmes comme interdits
Entre les deux stores d'un fiacre;
T'en souvient-il, ma chère, dis ?

L'amour est un archidiacre
Qui change en temples les taudis
Et fait tenir le paradis
Dans les prompts hymens qu'il consacre
Entre les deux stores d'un fiacre.

IV

Il marchande des fleurs
et tombe d'accord sur le prix d'une rose

« Ah ! vraiment, ce n'est pas trop cher ! »
Dis-je à l'honnète bouquetière
Qui m'offrait une touffe entière
De lys, pour deux sous, en hiver.

« Et combien ce frais vétyver ?
— Un sou, comme cette bruyère.
— Ah ! vraiment, ce n'est pas trop cher, »
Dis-je à l'honnète bouquetière.

« Cette rose où luit l'aigail clair ?
— Trois millions. — Peste ! — Elle est fière
D'imiter la bouche perlière
De ta Mésange, fleur de chair.
— Ah ! vraiment, ce n'est pas trop cher ! »

V

Il cause avec une fée
et juge qu'elle n'a pas le sens commun

Sous un chapeau de pimprenelles
Une fée en notre jardin
Vint un jour ; son vertugadin
Était gemmé de coccinelles.

« Où sont les amours éternelles ?
Est-ce ici ? » dit, l'air très mondain
Sous un chapeau de pimprenelles,
Une fée en notre jardin.

Je répondis : « Où seraient-elles
Sinon dans notre cher éden ? »
Mais je vis un rire badin
Luire en ses moqueuses prunelles
Sous un chapeau de pimprenelles.

10.

VI

*Il rêve à une auberge où ils ont
dormi ensemble*

« Au Lilas du Printemps joli ! »
C'était l'enseigne de l'auberge,
Tonnelle et bosquets, sur la berge
Du grand fleuve lent et sans pli.

L'alouette, d'un tireli,
Éveillait nos rideaux de serge
« Au lilas du Printemps joli ; »
C'était l'enseigne de l'auberge.

Mon cœur, ce vieil enseveli,
A ce penser de l'ombre émerge
Et l'espoir d'aimer, comme un cierge
Se rallume, triste et pâli,
Au lilas du printemps joli !

VII

*Il mourrait volontiers
si Mésange lui était infidèle*

« Faisons voile, bon batelier,
Vers le miraculeux domaine
Où ma Dame, fée et camène,
Rêve à l'ombre d'un violier !

Son amour m'est hospitalier
Sous des froideurs de Dorimène.
Faisons voile, bon batelier,
Vers le miraculeux domaine !

— La belle qui t'a su lier
Est parjure autant qu'inhumaine ;
Et, quant à ma barque, elle mène
Vers la Mort qui fait oublier.
— Faisons voile, bon batelier ! »

VIII

Il pense qu'il se consolera
lorsque Mésange se sera envolée

Le souvenir d'avoir chanté
Au soleil, sous l'azur céleste,
Est l'infini trésor qui reste
Aux cigales après l'été.

Quel est, vieux gitane éreinté,
Ton recours quand tout te moleste ?
Le souvenir d'avoir chanté
Au soleil, sous l'azur céleste.

Lorsqu'un autre aura ta beauté,
Mésange ! et ton rire et ton geste,
Mon cœur en son ombre funeste
Gardera comme une clarté
Le souvenir d'avoir chanté !

IX

*Il pense que Mésange ressemble
à Mademoiselle Seriem et à Mademoiselle Soledad*

Elle est javanaise et gitane
Avec des pudeurs d'Artémis !
Elle est frêle comme une miss
Et forte comme une titane.

L'été de ses pourpres la tanne,
L'hiver sur elle neige en lys ;
Elle est javanaise et gitane
Avec des pudeurs d'Artémis.

Née à Londre ou dans Ecbatane
Ou dans Arva chère aux willis,
Vint-elle en canot de Tiflis
Ou de Bougival en tartane,
Elle est javanaise et gitane.

X

*Il croit qu'ils ne cesseraient pas de s'aimer
même s'ils entraient en religion*

Quand tu seras nonne au couvent,
Je me rendrai barthélemite.
Vieux diable aux airs de chattemite,
J'irai chez vous prêcher l'Avent ;

Ou bien, sous la pluie et le vent,
Je mendirai comme un ermite ;
Quand tu seras nonne au couvent,
Je me rendrai barthélemite.

Et tu feras, chère, souvent,
Au quêteur dont la barbe imite
Les blancheurs de la stalagmite,
L'aumône d'un baiser fervent
Quand tu seras nonne au couvent.

XI

*Il se juge aussi cupide
que l'Avare des comédies*

« Les autres ! » d'une âme éperdue
Dit l'Avare de Poquelin
Quand il a du valet malin
Vu les deux mains, paire tendue.

Comme Harpagon un fifrelin
L'amant requiet l'ivresse due !
« Les autres ! » d'une âme éperdue
Dit l'Avare de Poquelin ;

Et moi, de ta bouche dodue,
Mésange ! quand j'ai humé, plein
D'amour, tout le sucre câlin,
Je dis, l'heure fût-elle indue :
« Les autres ! » d'une âme éperdue.

XII

Il s'aperçoit que Mésange
n'a pas de suite dans les idées

En notre lit, toutes les fleurs,
Pour t'obéir, je les disperse !
Lys du Japon, roses de Perse,
Bleuets où l'aube rit en pleurs,

Jasmin aux candides pâleurs,
Narcisse des neiges qui perce,
En notre lit, toutes les fleurs,
Pour t'obéir, je les disperse.

Mais toi, dans ces jeux querelleurs
Dont Cynthie amusait Properce :
« A quoi bon ? lorsque je m'y berce,
Je vaux bien, parfums et couleurs,
En notre lit toutes les fleurs ! »

XIII

*Pour se venger de l'attente
il feint de n'être pas resté seul au rendez-vous*

Mésange, à t'attendre sous l'orme
J'ai passé la nuit de printemps.
L'attente aux espoirs irritants
D'abord cause une peine énorme ;

Puis l'ennui comme un chloroforme
Vous ferme les yeux par instants ;
Mésange, à t'attendre sous l'orme
J'ai passé la nuit de printemps.

Mais quand, plus rose qu'une corme,
Jeanne en l'ardeur de ses vingt ans
Vous y baise, les seins battants,
Ne crois pas qu'on souffre ou s'endorme,
Mésange, à t'attendre sous l'orme !

XIV

Sous une forme enjouée
il donne à Mésange un très vertueux conseil

Qu'on voit passer dans les allées
Du Bois, en coupé, vers le soir,
De personnes qui sans surseoir
Admettraient d'être violées !

Qu'ont-elles fait du brunissoir,
De l'aiguille, ces ondulées
Qu'on voit passer dans les allées
Du Bois, en coupé, vers le soir ?

Pour ces déesses endiablées
Tout Paris n'est qu'un encensoir !
Entends rire le merle noir
Et les mésanges envolées
Qu'on voit passer dans les allées.

XV

Il offre à Mésange
un petit tableautin sans cadre

Pour la marquise de dentelle
Brûle un monsignor de satin !
Il est austère et libertin,
Elle, encline à la bagatelle.

A San-Pedro-de-la-Tutelle
Elle vient prier le matin ;
Pour la marquise de dentelle
Brûle un monsignor de satin.

Sous la chasuble il dit : C'est elle,
Et la guette au pilier lointain ;
Et durant la messe en latin
Son cœur danse la tarentelle
Pour la marquise de dentelle !

XVI

Il la presse de s'habiller
pour un bal travesti où ils ont été priés

« Vous ne serez pas déguisée

A temps pour ce bal très vanté

Que donne le royal Été

Chez Zidler, près de l'Élysée.

Moi, je me coiffe, en roi Musée,

D'un laurier d'or, ô vanité !

Vous ne serez pas déguisée

A temps pour ce bal très vanté.

— Hâtons-nous donc, dit la rusée ;

Je veux pour parer ma beauté

Que l'on m'habille en rose-thé

Petite, mi-close, irisée.

— Vous ne serez pas déguisée ! »

XVII

Il accuse d'hypocrisie
es petites rougeurs qu'elle a sous son corsage

Seins élastiques et légers,
Seins de la belle sans rivale,
J'ai baisé dans votre intervalle
L'oubli du deuil et des dangers.

Comme la fleur des orangers
Vous êtes la neige estivale,
Seins élastiques et légers,
Seins de la belle sans rivale !

Mais les miels et les doux mangers
Qu'à votre double pointe ovale
Ma bouche extasiée avale
Sont pleins de sucres mensongers,
Seins élastiques et légers !

11.

XVIII

*Il voudrait croire
et ne croit pas aux longs bonheurs*

C'est la veille d'un lendemain
Ce jour de tendresse et de charme.
Déjà l'adieu met son alarme
Dans le frisson de votre main.

Cache en ton rire de carmin
Le pressentiment d'une larme !
C'est la veille d'un lendemain
Ce jour de tendresse et de charme.

La cruauté du sort humain
Pour une heure à peine désarme;
Le plaisir et son vain vacarme,
L'amour même, fleur du chemin,
C'est la veille d'un lendemain.

XIX

Il se souvient d'une promenade sur l'eau,
près de Bougival

Ton reflet qui tremblait dans l'eau
Glissait rapide avec l'yole.
O le doux soir! le vent, viole
D'amour, chantait dans le bouleau.

Tu pris peur d'une bestiole;
« Où donc? — là! — sous la dentelle? — oh! »
Ton reflet qui tremblait dans l'eau
Glissait rapide avec l'yole.

Temps passé! Cadre sans tableau!
En la nuit qu'un bruit fou viole
Je cherche, cœur qui s'étiole
Sous la lune au mourant halo,
Ton reflet qui tremblait dans l'e au.

XX

*Il se réconforte en songeant
au plaisir de chanter des chansons tristes*

Il n'est deuil cruel ni détresse
Qu'un beau vers ne charme un moment!
Fais des chansons, ô pauvre amant,
Et des rondels pour ta maîtresse.

Si tu chantes sa noble tresse
Qu'importe sa lèvre qui ment?
Il n'est deuil cruel ni détresse
Qu'un beau vers ne charme un moment.

Tu veux mourir si la traîtresse
Défendit mal son sein charmant?
Bah! pour qui sertit son tourment
En rimes d'or, non sans adresse,
Il n'est deuil cruel ni détresse.

XXI

Il se vante d'imiter un hermite
qui se nourrit de fleurs et de neige

Sans hésiter le bon hermite
Mange de la neige ou des fleurs
Selon que règnent les pâleurs
Ou la pourpre aux champs sans limite.

Afin de gagner, chattemite,
Le ciel promis à nos douleurs,
Sans hésiter le bon hermite
Mange de la neige ou des fleurs.

Vous doutez? Ce n'est point un mythe.
Moi-même, en des bras enjôleurs,
Avec des rires et des pleurs,
Par toutes les saisons j'imite
Sans hésiter le bon hermite!

XXII

Il a tort de parler à Mésange
des tourterelles sans tourtereaux

Amoureuses des tourterelles,
Les tourterelles aux cols fins
Dans le Ciel comme en nos jardins
Roucoulent en battant des ailes.

Sous les splendeurs surnaturelles
Frémissent en des jeux sans fins,
Amoureuses des tourterelles,
Les tourterelles aux cols fins.

Et souvent, se tournant vers elles,
Dieu parmi les concerts divins
Dit de se taire aux séraphins
Pour mieux entendre les querelles
Amoureuses des tourterelles!

XXIII

Il flirte avec une jeune dévote
et Mésange n'en sait rien

L'œil mi-clos sous les bigoudis
Quand vous sortez de Sainte-Lise,
Je sais bien qu'il vous scandalise,
Mon regard aux desseins hardis.

Ce qu'en silence je vous dis,
C'est : « Venez, venez, if you please »,
L'œil mi-clos sous les bigoudis
Quand vous sortez de Sainte-Lise.

Dans les palais ou les taudis
L'amour lui seul nous angélise !
Vous qui revenez de l'église,
Tu reviendrais du paradis
L'œil mi-clos sous les bigoudis.

XXIV

Il regarde, non sans dépit,
trembler et se troubler l'eau dans la baignoire de faïence

Dans la faïence craquelée
Où dort le bain couleur de lait
Plane, diaphane, un reflet
De rose ou de rose azalée.

C'est que Mésange est là, voilée
D'un enlacement qui lui plaît,
Dans la faïence craquelée
Où dort le bain couleur de lait.

Elle rêve, un rêve supplée
Parfois à l'amant qu'on voulait...
Et par la fente du volet
J'ai vu palpiter l'eau troublée
Dans la faïence craquelée.

XXV

D'abord il croit voir une bête-à-bon-Dieu
entre les dents de Mésange, mais ce n'en est point une

Parmi les brins de citronnelle
Rit un léger liseron bleu ;
Frais bouquet que d'un ruban feu
Elle a lié dans la venelle.

Puis Mésange, point solennelle,
L'a pris entre les dents par jeu ;
Parmi les brins de citronnelle
Rit un léger liseron bleu.

Tiens, mignonne, une coccinelle !
Pas du tout : la bête-à-bon-Dieu,
C'est ta langue qui passe un peu
Et met le rouge éclair d'une aile
Parmi les brins de citronnelle !

ADIEUX A MÉSANGE

> Puisque telle est la loi, puisque en de tris tes changes
> Toujours devient amer ce qui fut le plus doux,
> Fleurissez, fleurs, et fanez-vous,
> Gazouillez, et fuyez, Mésanges.
>
> *Vers tombés d'un bouquet.*

Petite âme, va-t'en, va-t'en !

Le poète, même d'antan,

Est un marchand d'orviétan.

C'est pour parler qu'il a des lèvres!
Et ses plus chaleureuses fièvres,
S'achèvent en baisers mièvres.

Que ferais-tu de ce traînard
Qui, pour la gloire de son art,
Préfère le fiel à ton nard?

Qu'il feigne ou non, mignonne fée,
De baiser ta gorge étoffée,
Il a l'âge qu'aurait Orphée!

Assez vieux pour avoir chanté
Les fleurs de l'édénique été,
Il use mal de ta beauté.

Quand, d'un bras charmant qui se lève,
A cet Adam ridicule, Ève
Offre une ou deux pommes, il rêve!

Puisqu'il a vu les premiers cieux
Il est peu révérencieux
Pour leur pastiche dans tes yeux ;

Et, râclant quelque babiole
Aux sept cordes de sa viole,
C'est à peine s'il te viole !

Il est tendre, je ne dis pas ;
Tu peux trouver quelques appas
A mêler au sien ton trépas ;

Quand, d'une voix subtile, il conte
Des mystères dont on a honte,
Une chaleur aux yeux te monte,

Et, comme un éclair vite enfui,
Le bref plaisir parfois t'a lui,
Toute seule, mais pas sans lui !

12.

Il évoque en lentes paresses
Les morsures et les caresses
Des anciennes enchanteresses.

Il sait Cypris et Dioné
Et son flanc d'où l'Amour est né,
D'un sang de rose enrubanné ;

Les jeux que les Grâces entre elles
Pratiquèrent, surnaturelles,
Pour imiter les tourterelles,

Les délices presque tourments
Que tentent dans les bois charmants
Les amoureuses sans amants,

Les baisers que, jeune et farouche,
Un faune que Pan cherche et touche
Croit donner, Naïs! à ta bouche,

Il les sait ! Il connaît aussi,
Très moderne en son vieux souci,
Les langueurs qui disent merci,

Ou la surprise consternée
De la mondaine abandonnée
Sur la chaise capitonnée

Tandis que l'amie en le soir
Rajuste devant le miroir
Les brides de son chapeau noir.

Et toi, guettant la voix rusée,
Tu défailles, en pleurs, brisée,
Lys d'or où perle une rosée !

Pourtant, fuis ! non dans un couvent,
Ma mie, (Hamlet a tort souvent)
Mais dans l'amour jeune et vivant,

Dans l'amour vrai! Cesse d'entendre
Le radoteur à la voix tendre;
Fuis le vieil Orgon! prends Clitandre.

Clitandre a raison puisqu'il va
Par les chemins tel que rêva
Rosine son Almaviva.

Colle ta bouche ardente d'aise
A la bouche, couleur de braise,
Qui ne parle pas, mais qui baise!

Et surtout ne plains pas celui
Qui feint de pleurer aujourd'hui
Car, déjà, de l'amour enfui

Et des chers baisers de la veille,
Il fait des vers dont s'émerveille,
Pauvre petite! une autre oreille.

Et, rose et lys, neige et carmin,

Pour charmer la rêveuse main

De sa maîtresse de demain,

Tu seras, encore adorée,

Quelque légende susurrée

En l'or chaud d'une nuque ambrée!

LIEDS

ET

menus poèmes

PIERROT FÂCHÉ A CAUSE DE LA LUNE

Bien qu'il ait l'âme sans rancune,
Pierrot dit en serrant le poing :
« Mais, sacrebleu, je n'ai nul point
De ressemblance avec la lune !

13.

O faux sosie aérien !
Mon nez s'effile, elle est camuse ;
Elle a l'air triste ! je m'amuse
De tout, un peu, beaucoup, de rien.

On la dit pâle ? allons donc ! jaune !
Moi seul suis blanc comme les miss.
Elle est chaste autant qu'Artémis,
Je le suis aussi, comme un faune.

N'importe ! Dès qu'elle a penché
Son front : « Bonsoir, Pierrot céleste ! »
Dit l'un ; un autre dit : « Ah ! peste !
Pierrot, ce soir, a l'œil poché. »

Et si, ronde, elle plane au faîte
D'un cyprès par le vent tordu :
« Regardez donc Pierrot pendu !
Mais on ne lui voit que la tête. »

Je me révolte enfin ! Je suis
Moi ! non pas la lune. Moi, dis-je,
Et c'est assez. Par quel prodige
Serais-je astre, même en un puits ?

Et pour fuir ceux — Dieu les confonde ! —
Qui m'ont, Lune, à toi comparé,
Dès patron-minette j'irai
Vers la solitude profonde ! »

Il dit. L'aube n'avait pas lui
Qu'il s'exila d'un pas agile
Avec un bichon nommé Gille,
Chien de Pierrot, blanc comme lui.

Aux vallons déserts qu'un désastre
Combla de rocs et de sapins
Et que l'ombre des monts alpins
Surplombe d'une nuit sans astre,

Nul ne dirait : « Tiens, Sélénè ! »
A sa blanche et ronde figure.
Mais Gille en la vallée obscure
Hurla trois fois, l'air consterné.

« Qu'est-ce, Gillot ? dans l'herbe brune
Quelque épine au nez te blessa ? »
Dit Pierrot. Ce n'était pas ça.
Son chien le prenait pour la lune !

A LA FEMME AU MASQUE

PEINTE PAR HENRI GERVEX

La câline, féline et serpentine ligne
De votre corps où vit la pulpe des lys blonds
A la sveltesse molle, aux ondulements longs,
D'une liane lente ou d'un lent cou de cygne.

Vêtue, avec Chamfort ou le prince de Ligne,
Vous auriez devisé, duchesse, en des salons;
Seule, sans tulle au sein et sans mule aux talons,
Un autre orgueil vous fait cette lèvre maligne.

13.

Mais ce masque, pourquoi? Votre confusion
Prétend-elle cacher au jour l'éclosion
D'une rose pudeur? ou bien, moins ingénue,

Vous plaisez-vous à la perverse illusion,
Dans le tendre et discret miroir, d'une inconnue
Exquise autant que vous, et toute proche, et nue?

LA CHANSON DES BELLES PERSONNES

Le tiède avril dit à la neige;
« O froide neige, quand pourrai-je
Te fondre à mes rayons vainqueurs? »
Les Amours dirent à nos cœurs
Ce que l'avril dit à la neige.

Les abeilles disent aux fleurs :
« Accueillez-nous dans les chaleurs
De vos calices peu farouches ! »
Les baisers disent à nos bouches
Ce que l'abeille dit aux fleurs.

L'astre tremblant dit à l'étoile :
« Je crois quand ton rayon se voile .
Que tout est sombre sous les cieux ! »
Les regards disent à nos yeux
Ce que l'astre dit à l'étoile.

TRIPTYQUE

I

Nigra

Sous vos crins noirs d'un noir farouche
Et vos yeux au cerne lascif,
Saigne, fraîche blessure à vif,
Une barbare et rouge bouche.

Piège d'ombre où la pourpre luit !
Il m'a semblé voir, pour ma perte,
Quelque fatale rose ouverte
Comme un vertige dans la nuit.

Les anneaux de votre crinière,
Bourrus et drus comme velours,
Ne lâchent plus, tant ils sont lourds,
L'âme qu'ils firent prisonnière ;

Et l'atroce amour de baiser
Votre rouge bouche cruelle
Fait saigner tous les cœurs comme elle !
Ils saignent tous, sans l'apaiser.

II

Flava

La plainte d'une défaillance
Meurt dans le charme timoré
De vos cheveux d'or dédoré
Et de vos bleus yeux de faïence.

Fantôme à peine d'une fleur,
Sans chaleur, et presque pas rose,
Votre bouche languide n'ose
Ni le parfum ni la couleur.

A vos bras aux blancheurs blêmies
Les veines ont sans battement
L'exténué bleuissement
Des virginales anémies.

L'hymen a peur de vous briser!
Et si votre pâle cœur aime
Vous exhalerez le suprême
Soupir dans le premier baiser.

III

Rubra

Le sang des meurtres, la brûlure
Du fer rouge, une explosion
D'escarboucles en fusion,
Flambent dans votre chevelure !

Comme en quelque infernal bûcher
Ayant pour braises les luxures,
Ce sont les damnations sûres
Que nos dents y viennent mâcher.

Le front ballant, l'âme étourdie,
On se sent tout l'être léché
Des langues de feu du péché !
Et pour activer l'incendie

Votre nuque au poil emmêlé
Et roux comme à l'aine d'un faune
Souffle une odeur de safran jaune,
De naphte et de santal brûlé.

POUR UNE SEULE

SONNET DANS LE GOUT ANCIEN

> L'amant se plaint aux yeux de sa dame, loin d'eux,
> Que l'Amour et la Mort lui soient cruels tous deux.

Des étoiles du ciel et des fleurs du pourpris
J'avais fait un bouquet de lumière et de neige
Pour celle qui me tient l'âme par sortilège ;
Mais elle a repoussé l'offrande avec mépris.

Alors un sombre rêve emportant mes esprits,
Sous les donjons, au mur des villes qu'on assiège,
J'ai bataillé, chercheur d'embuscade et de piège ;
Mais j'eus la gloire, au lieu de la tombe pour prix.

Dans le flot ténébreux que l'ouragan tourmente
J'ai cherché le trépas ; mais le flot s'est calmé.
Faut-il que mon funèbre espoir aussi me mente?

O dieu d'amour! par qui Pétrarque est consumé,
Fais que la Mort, sinon Laura, lui soit clémente,
Et qu'il puisse mourir puisqu'il n'est pas aimé!

POUR TOUTES

SONNET DANS UN GOUT PLUS MODERNE

Ève grise de cidre rose
Et Nana soûle de houblons
Se valent par les cheveux blonds
Et la fleur de la lèvre éclose.

Chanson ou larme, rime ou prose,
En sabots, sur de hauts talons,
Chanoinesse des fiers salons,
Décadente avec sa névrose,

14.

N'importe! la femme a raison
En tous lieux, en toute saison;
Et notre extase te salue,

Cortège qui viens relier
Le Paradis au bal Bullier,
De la Gourmande à la Goulue!

LES PRÉSENTS

Enfant, je vous donnerai
    Pour vos fiançailles
Un clair bleuet azuré
    Parmi l'or des pailles ;
Et jamais un bleu plus pur
N'aura teint de fleur plus belle,
Sinon dans le vierge azur
    De votre prunelle.

Enfant, je vous donnerai
 Pour vos épousailles
Un œillet rouge, empourpré
 Comme les batailles ;
Et jamais calice en juin
N'aura versé plus de fièvres,
Sinon l'œillet purpurin
 De vos jeunes lèvres !

Enfant, je vous donnerai
 Pour vos funérailles
Un lys hélas ! expiré
 Parmi les broussailles ;
Et jamais plus belle fleur
N'aura blêmi de la sorte,
Si ce n'est dans la pâleur
 De ta beauté morte.

LE CHOIX MÉLANCOLIQUE

« Que veux-tu ? dit-elle ;
Je t'aime ! veux-tu
Mon sein de dentelle
Et d'ombre vêtu ?

Veux-tu, pour ta fièvre
En l'ardente nuit,
La chair de ma lèvre,
Fraîche comme un fruit ?

Veux-tu sous le voile
Des longs cils fermés
La mourante étoile
De mes yeux pâmés ?

Ah ! dis quelle chose
Tu veux ! Te plaît-il
Qu'un calice rose
T'offre son pistil ?

Ma voix, comme un merle
Dans le vert buisson,
Jase, perle à perle ;
Veux-tu ma chanson,

Mon babil, mes rires,
Mes jeux querelleurs?
Ce que tu désires,
Dis-le donc ! — Tes pleurs. »

L'HEURE VOLÉE

« Sonneur qui sonnes l'heure et l'heure
Sur la ville dans le clocher,
L'heure grave d'ouïr prêcher,
Celle où l'on rit, celle où l'on pleure,

15

Qui sonnes, été comme hiver,
Les baptèmes, les agonies,
La mort aux affres infinies
Et l'hymen souvent plus amer,

Dis, sonneur qui jusqu'au soir blème
Tires la corde à tour de bras,
Pourquoi l'homme n'entend-il pas
L'heure exquise, l'heure où l'on aime? »

Et le sonneur répond : « Pourtant,
Comme les autres je la sonne;
Est-ce ma faute si personne
En ce bas monde ne l'entend?

Dès que l'Orient s'ensoleille
Devrait tinter l'heure d'amour,
Mais un séraphin fait de jour
Entre au clocher et me surveille;

Et d'une adroite main, tandis

Que je sonne, avant qu'elle sorte

Il la prend au vol et l'emporte

Pour les anges au paradis! »

L'HYMNAIRE DES AMANTS

L'IMMUABLE AMOUR

Crocheteurs jamais timorés
Des arcanes inexplorés,
Inventeurs ! vous inventerez !

Vous ferez de l'antique terre
Un monde neuf où s'oblitère
La loi du primitif mystère ;

Et pour la future Cité
Quand vous aurez tout inventé,
Lune à midi, neige en été,

Les ballons-express, et la rose
Sans rosier, et les vers en prose,
Vous inventerez autre chose !

Il se peut qu'au commerce enclin,
S'empare et se serve d'un clin
D'éclair quelque étonnant Franklin

Au point qu'entre Yvette et Bonnaire
On puisse au bourgeois débonnaire
Verser, pour trois francs, du tonnerre !

Il se peut que, prématuré,
Un fil porte à l'île de Ré
Un mot pas encor proféré ;

Qu'un jeu des moindres doctoresses
Soit de muer en charmeresses
Cycnéennes les mulâtresses ;

Qu'on allume son havane à
L'étincelle qui de l'Etna
Jusqu'à Montmartre rayonna ;

Et que l'énorme cataracte
Du Niagara par un pacte
Inéluctable soit exacte,

Grâce aux ingénieurs malins,
A faire tourner les moulins
De Meaux-en-Brie ou de Moulins !

Il se peut, vagon, vieux collègue
Des pataches, qu'on te relègue
Avec le fiacre et la télègue ;

Que, dès demain, l'officiel
Représentant de Dalziel
Ou d'Havas aux marchés du ciel,

Pour porter le cours de la Bourse
D'Aldébaran à la grande Ourse,
Prenne le Cocher à la course;

Et qu'aux profonds champs de lapis
Où les cyclones sont, tapis,
Les grillons des soleils-épis,

Un fermier, moins rustre qu'Admète
Roi conducteur de bœufs, admette
A tirer le soc, la comète!

Car, sans fin, en l'humain séjour
Comme en les astres, chaque jour
Tout se transforme, — hors l'Amour.

Tandis que croule ou se délabre
La Pagode, et le Candélabre
A sept branches, et ton dieu, Labre!

Lui, l'Amour, loi, cause, élément
De l'être, pur, puissant, clément,
Divin, règne éternellement!

Et tandis que, pour que s'engraisse
Et se saoule la joie ogresse,
Aise, art, science, tout progresse,

Lui, l'Amour, sans mort ni sommeil,
Reste sous le changeant soleil
A lui-même, à lui seul pareil.

On peut en l'azur taciturne
Ajouter des parfums à l'urne
Que l'astre vide au lys nocturne,

Du rose à l'aurore, des pleurs
Perlaires à l'aigail des fleurs,
Mais non pas, Prince des douleurs

Exquises! doux vainqueur sans arme!
Amour! un sourire, une larme
A ton cher et douloureux charme.

Car tu fus, lorsqu'à l'œil humain
N'avait pas lui de lendemain,
Parfait dès le premier hymen;

Et meilleur à l'aube des heures
Que toutes les choses meilleures,
Tel tu naquis, tel tu demeures.

En vain les coupables amants,
Las d'extase, épris de tourments,
Pervertirent tes jeux charmants.

Les reines d'aromates ointes
Dont les seins eurent à leurs pointes
Du poison pour les lèvres jointes

Et qui, comme mâche son mors
Une bête, ivres de remords,
Mangeaient encor des baisers morts;

L'aède, sous le péristyle
Des blancs temples, d'un doigt futile
Levant la robe de Bathylle;

Lysisca, tâtant d'une main
Obscène, en l'ombre du chemin,
Le bel étalon plus qu'humain;

Gallus qui suit le bouc des prées;
Et les baignoires des Caprées
D'un sang puéril empourprées;

Même, de nos jours, coté tant,
Le divin spasme palpitant
Que la vierge vend au comptant,

Et Berthe, Jeanne, Séraphine,
Blêmes des plaisirs que raffine
L'âpre langueur de la morphine,

N'ont pas flétri, dieu sans affront
Que nos fils aussi serviront,
Le lys radieux de ton front!

Malgré la débauche et la boue
Dont l'orde éclaboussure échoue
Aux roses candeurs de ta joue,

Tu règnes, Amour ingénu,
Toujours toi, toujours reconnu,
Chaste et beau comme un enfant nu!

Et toujours, jusqu'aux aventures
Suprêmes des heures futures,
Tu seras, ô toi seul qui dures,

Maître éternellement loué,
Le pur bonheur qu'ont avoué
A Daphnis, tes lèvres, Chloé!

L'ODELETTE AU BAISER

C'est toi, Baiser, c'est toi qui vaux
Qu'on vive ! Les plus durs travaux,
Je les veux pour l'amour de vos

Bouches, ah ! de vos doucereuses
Bouches, ah ! de vos chaleureuses
Bouches, ah ! de vos valeureuses

Bouches, femmes aux cœurs ardents
Qui recelez tout le dedans——
Du Paradis entre vos dents !

Mieux que le Paradis ! je couvre
De mépris le céleste Louvre :
Il n'est ciel que bouche qui s'ouvre.

L'orgueil, et la vertu, des mots !
Les lèvres, ces coraux jumeaux,
Donnent seules l'oubli des maux.

Que la Gloire, matrone énorme,
Si longtemps m'attende sous l'orme
Ou le Laurier qu'elle s'endorme !

Je baise avec des désirs soûs
Les coins, le dessus, le dessous
D'une lèvre aux sucres dissous;

Ballant comme un vaisseau qui tangue,
Je bois un rubis presque exsangue
Au pistil aigu d'une langue,

Et sens sous mon baiser vainqueur
Monter en la tiède liqueur
Une odeur mourante de cœur !

Pareil à la frêle émeraude
De la libellule en maraude
Qui sur un lys frissonne et rôde,

Que le Baiser vague et tremblant
Menace à peine d'un semblant
De caresse le lit trop blanc

D'une vierge sous les câlines
Lueurs des lampes opalines
Dans le dortoir des Ursulines ;

Que, pareil à l'abeille en feu
Dont le dard, en l'air fauve et bleu,
Ne se contente pas de peu

Et qui, violatrice heureuse,
Se rue aux œillets, ou se creuse
Une alcôve en la tubéreuse,

Il soit — fou, brutal, écartant
Tout, comme en la cloche un battant —
Le rude et hardi combattant;

Que, sur l'étoffe orientale
Où Jo, non loin de Lo, s'étale,
Frelon retrousseur de pétale,

Il ose vers un point précis
S'acharner en un rebroussis
Dé gazes peut-être indécis

Et n'épargne pas aux calices
Qui vêtent d'or leurs pentes lisses
L'âpre intrusion des délices,

N'importe! il est le triomphant
Baiser! par qui le cœur se fend
Et se fond d'aise en étouffant.

Ouvre, ma mie, ouvre tes lèvres!
Pour que jamais tu ne m'en sèvres
J'irai voler chez les orfèvres.

Moins riche qu'Haroun-al-Raschild,
J'irai chez Monsieur de Rothschild
Forcer des coffres, my dear child!

Tout est bien pourvu que je baise,
Lèvre à lèvre, braise sur braise,
Notre amour fou, que rien n'apaise.

Ta bouche encor! ta bouche encor!
Toujours ta bouche! il plaît moins, l'or,
A Grandet palpant son trésor,

Et je veux sur la pâle couche
Où la Mort de son doigt nous touche,
Rendre l'âme en ta belle bouche!

L'ODELETTE AUX LARMES

Larmes! Larmes! Larmes encor!
Tremblez, fluide et lent trésor,
Aux pointes des cils bruns ou d'or!

Sœurs des étoiles, les prunelles
Veulent que les pleurs soient en elles
Un voile aux clartés éternelles;

Et les prunelles sœurs des fleurs
Veulent de la rosée à leurs—
Calices, splendeurs ou pâleurs.

Sous vos lourds cheveux, noirs en tresses
Ou roux en ondes, sans détresses
Pleurez, pleurez, ô nos maîtresses !

En diamants vite aspirés
Par nos lèvres en feu, pleurez, . . .
Beaux yeux d'ombre, beaux yeux dorés,

Afin, chères, qu'en la veillée,
Notre âme des vôtres mouillée
S'épanouisse, émerveillée !

Ah ! fuyez les blêmes enclos
Où les cercueils sont les flots
D'un océan sans matelots ;

Riches, pauvres, humbles, altières,
Margravines ou lavandières,
Ne pleurez pas aux cimetières !

Roides sous les gazons épais
Les morts que, vivants, tu trompais,
Femme ! veulent dormir en paix ;

Et sous les pâles tubéreuses
Vos mères, en leurs tombes creuses,
Vos mères jadis amoureuses,

Savent bien qu'une tendre loi
A des larmes de bon aloi
Recommande un meilleur emploi ;

C'est le mépris que l'on mérite
A pleurer selon l'ancien rite
Quelque parent dont on hérite.

17

Pleurez d'amour ! ah ! seulement
D'amour ! il n'est réel tourment
Que la trahison de l'amant.

A cause des hypocrisies
Dont il dupa vos fantaisies,
Répandez des larmes choisies.

Ayez, non sans grincer des dents,
De forts vifs sanglots concordants
A son crime sans précédents !

Versez, les mains au cœur qu'il broie,
Autant de pleurs que met sa joie
De baisers à sa neuve proie !

Pleurez ses parjures baisers
Et les désirs jamais osés
Qu'il a dans une autre apaisés.

Ou, s'il mourut par aventure,
Belles, de votre forfaiture,
Pleurez avant sa sépulture ;

Soyez, inondant de cheveux
Lamentables et blonds vos vœux
Inutiles, vos vains aveux,

Pareilles à l'alme Immortelle
Dont le char de ramiers s'attelle
Et qui, griffant sa gorge telle

Qu'un lys sanglant, pleura trois jours
Et trois nuits, sur le vert velours
Des mousses, ses défunts amours,

Ses défunts amours, l'adorable
Adonis ! le très admirable
Adonis ! le très vénérable

Adonis! qui, blessé soudain,
Teignit de sang incarnadin
Les roses blanches du jardin.

Mais surtout pleurez de délices!
Pleurez quand sur les satins lisses
De nos lits s'ouvrent vos calices,

Jeunes femmes! pleurez, pleurez,
Quand nos désirs exaspérés
Ont le plaisir que vous aurez,

Et quand, sous votre or, on devine
L'éclosion rare et divine
D'un astre rose en la ravine!

Larmes! larmes! larmes encor!
Des pleurs s'égouttent, lent trésor,
Aux frisons bruns, aux frisons d'or,

Et la pudeur en vain farouche
A la lèvre qui cherche et touche
Donne aussi les pleurs d'une bouche !

LA VICTOIRE D'AVRIL

Tes pleurs, je les boirai, tes pleurs!
Maîtresse, il n'est plus de douleurs
Dès que l'avril rit dans les fleurs.

Sens nos âmes ensevelies
Au linceul des mélancolies
Renaître avec les ancolies.

Nos cœurs, que vous martyrisiez,
Dur hiver! vont, extasiés,
Fleuronner comme les rosiers,

Et, sœur de l'aube dans la nue,
Sous nos fronts se lève, ingénue,
L'espérance enfin revenue.

Ce n'était pas vrai, le tourment
Du baiser qui ruse et qui ment,
Puisque l'azur est si charmant!

O mignonne! la sûre preuve
Que tu n'as jamais été veuve,
C'est l'arbre et sa verdure neuve.

Comprends bien qu'aux bois rajeunis
Les oiseaux n'auraient point de nids
Si nos amours étaient finis;

Et dans l'ombre douce et farouche
Si l'aile suit l'aile et la touche,
Ma lèvre n'a pas fui ta bouche !

Viens au printemps ! je chanterai
Sur un air joyeux à ton gré
Le poème que j'ai pleuré ;

La peine qu'on crut éternelle
Va s'envoler en ritournelle
De nos chansons sous la tonnelle !

Une larme qui tremblerait
A tes cils encore, serait
Une goutte de vin clairet,

Et, sans soin de la vieille alarme,
O mon cher trésor ! ô mon charme !
Je me griserais de ta larme.

Viens! je sais les recoins ombreux
Que le bois tendre aux amoureux
Évase et pare exprès pour eux.

Dans l'île où la mousse des sentes
De violettes innocentes
Se fleurit pour que tu les sentes,

Sous le chêne, ancêtre clément,
La Solitude au Bois dormant
Veut bien qu'on la trouble en s'aimant;

Et si trop profond est son somme
Pour qu'elle s'en éveille comme
La princesse qu'un prince nomme,

Nos longs baisers, puisque tu vins
Avec moi dans les frais ravins,
Lui seront des songes divins!

Dès que l'avril nous y destine,
Aimons-nous comme l'églantine
A refleurir encor s'obstine.

Nos bras et nos âmes, mêlons
Tout, dès qu'il fait de nos vallons
Des Tempés et des Avalons!

Et qu'en gratitude des fièvres
Dont il nous enchante, nos lèvres,
Vers Meudon, vers Chaville ou Sèvres,

En un parfum que tu volas,
O brise! donnent, jamais las,
Le conseil d'éclore aux lilas!

Ou bien, chère, si notre idylle,
Sans regret de boudoir ni d'île,
A jamais est close, dis-le

Et dans les bois où je te plus,
Infidèle, ne songe plus
Qu'à mon rival, si tu l'élus!

Sous l'abri tremblant des persiennes
Ou des branches musiciennes
Ma caresse eût valu les siennes,

Mais tu l'aimes! En des douceurs
Dont mes délices sont les sœurs
Défuntes, par les épaisseurs

Que la rosée endiamante,
Qu'il t'emmène, nouvelle amante,
Et que l'ombre vous soit clémente!

Baisez-vous! L'amour assassin
Ne s'oppose pas au dessein
Qu'il a de mourir sur ton sein.

Baisez-vous, mêlant vos haleines,
Jusqu'à l'heure où les nuits sont pleines
D'un blanc frôlement de phalènes,

Puis, à pas lents, par les chemins
Parfumés, les mains dans les mains,
Songez aux tendres lendemains,

Et si, par hasard, sous la lune,
Tu me rencontrais avec une
Belle enfant, souris sans rancune,

Mignonne! car l'avril vainqueur
Ordonne au plus désolé cœur
De répudier sa langueur;

Plein de chansons et de bruits d'ailes
Il accueille les infidèles
Sans mépris d'eux, sans courroux d'elles;

18

Ce qu'il veut, c'est qu'on soit pareil
Au calice déjà vermeil
Qui s'ouvre et se pâme au soleil,

Et, dès le renouveau qui sème
Des roses dans le jardin blême,
Tout est bien pourvu que l'on aime!

MYTHOLOGIE FORAINE

Toute cime étant illusoire,
J'ai dit aux Dieux vêtus de gloire :
« Quittez l'Olympe pour la Foire !

Allez aux baraques, allez,
Puisqu'aux plus lointaines Thulés
Les temples gisent écroulés ! »

Et depuis, pour la joie humaine,
Par les kermesses je promène
Eros et l'Anadyomène.

Non sans un lyrique brio
Me voici l'impresario
Du roi Zeus monté sur Io.

De peur que tu te désabonnes,
Foule! Euros souffle en des trombones
Pour les troupiers et pour les bonnes.

Pitre à la fois et pick-pocket,
L'auguste Hermès a le caquet
Et les couleurs d'un perroquet;

La guenon que son art éduque
Veut happer, tremblant sur la nuque,
Le papillon de la perruque;

Mais lui, parmi quatre tambours,
Offrant la face ou le rebours,
Invite en d'adroits calembours

A contempler, sous la brûlure
Flambante de la chevelure,
Kalliopè, femme silure,

Et montre au bourgeois obéré
Par un supplément soutiré
Le mollet énorme d'Héré !

En char traîné d'un cheval barbe
Triomphe de Dunkerque à Tarbe
Bellone, la déesse à barbe.

Heraklès comme un bloc alpin
Sur Briareus plus fort qu'Arpin
Tombe, immense, et lui flanque un pain.

18.

Elles groupent, les Chasseresses
Ortygiennes, leurs caresses
En des danses enchanteresses.

J'offre, afin d'achalander ma
Baraque que l'on acclama,
Hélènè pour Belle Fatma.

Sur les tréteaux où se démène
A tourner l'orgue une Camène,
Pallas, vierge, est un phénomène!

Et, pour les seuls adultes, j'ai,
Nue avec trois plumes de geai,
Hébé pareille à Féridjé.

Puis, tandis que l'on s'extasie
De gagner, à peine moisie,
En des macarons, l'ambroisie,

Et, prodige qu'on n'eût point cru!
Qu'avec un appétit accru
Tantale mange un lapin cru,

Sous la ronde toile étoilée
Passe dans les cerceaux, ailée
De tulle d'or, Penthésilée!

Nymphe-clownesse, Amaryllis
D'une trappe en forme de lys
Jaillit comme les Hanlon-Lees;

Sans même un balancier pour aide
Terpsichore, qu'un cytharède
Incite, suit la corde raide;

Du miel de ses cheveux épars
Celle qui pleure quand tu pars,
Théseus! charme les léopards;

Iris dont l'écharpe de gaze

Se lame d'or comme au Caucase

Présente en liberté Pégase;

Tant que tournent, mordus d'abois

Par les pistons et les hautbois,

Les centaures-chevaux de bois,

En quatre lunettes (dans l'une

Paris pourrait voir Pampelune!)

C'est Phœbé qui montre la lune,

Et jamais n'erre en ses discours

Touchant les destins longs ou courts

Isis, somnambule des Cours!

Mais il est une autre immortelle

(La Reine dont le char s'attelle

De blanches colombes, c'est elle!)

Qu'aux vils badauds je livre peu,
Et, les nuits, quand sous l'astre en feu
La foule cuve le vin bleu

Dont s'arrosa la gibelotte,
Je couche loin du peuple ilote
Avec Cypris dans ma roulotte!

PUCK TOUT NU

Voyant Puck, sylphe persifleur,
Se baigner tout nu dans un pleur
De rosée au bord d'une fleur,

Je pris sa robe d'or, tombée,
(On eût dit la verte flambée
D'une armure de scarabée),

Et : « Puck, fis-je, me connais-tu ?

— Certes, répondit-il, vêtu,

Pour peignoir, d'un demi-fétu ;

Vous êtes le parfait modèle

Des sots qui, sans un baiser d'elle,

Se meurent pour une infidèle.

— Laissons cela, sylphe subtil !

Ta robe d'or et ton tortil,

Tu les auras si... — Si ? dit-il.

— Si tu m'obéis, sylphe espiègle !

Écoute. L'hirondelle et l'aigle

Volent selon l'antique règle ;

Et les blancs oiseaux, qui, premiers,

Furent du baiser coutumiers,

Volent, colombes et ramiers,

Et les rossignols doux et sombres
Changent de branche, et dans les ombres
Les corbeaux planent aux décombres,

Et la pâle mouette sur un
Flot de l'énorme Océan brun
S'ouvre et palpite dans l'embrun,

Et les grives de vigne en vigne
Se grisent, et jamais le cygne
Au même azur ne se résigne,.

Et toujours vole, amaryllis,
Mirtil, eudore, vers les lys,
Le papillon, ou vers Phyllis,

Tandis qu'aux célestes banlieues
L'ange vole, à travers des queues
De comète, aux étoiles bleues!

19

Or, comprends, Puck, sylphe très fin,
Qu'insecte, oiselet, séraphin,
Les ailes sont lasses enfin;

Et je veux qu'un jour se repose
Tout ce qui voletait sans pause! »
Puck me dit : « Tu veux peu de chose. »

Ce fut un miracle charmant!
Les plumes de l'ange dormant
N'eurent plus un frémissement;

Les mouettes presque sans secousses
Fluaient en blanchissantes mousses
Sur les vagues aux pentes douces;

Les papillons aux cent couleurs
Furent, épanouissant leurs
Ailes en corolles, des fleurs!

Fixe, l'abeille en la corbeille
Des jardins devint, ô merveille !
Bouton d'or pareil à l'abeille ;

Odorante au bord du chemin,
La colombe était un jasmin
Qui s'offrait, neigeuse, à la main ;

Aux lacs où le saule se penche,
Le cygne sur la nef de planche
S'arrondissait en voile blanche ;

Et le vent seul faisait parfois
Trembler, rousse feuille sans voix,
Le rossignol au fond des bois

Ou le ramier-lys sur sa tige !
Alors, Puck, fier de son prodige :
Dit : « Ma robe ! — Non pas, » lui dis-je ;

Et j'ajoutai, de deuil empli :
« Le miracle le plus joli
Ne fut pas encore accompli ;

Sans qu'il soit besoin de le dire
Tu sais bien ce que je désire,
Cruel ! » Mais Puck pouffa de rire,

Et ce sylphe en tous lieux connu
Pour n'être qu'à peine ingénu
S'écria : « J'irai donc tout nu !

Car j'ai pu fixer en calice
La libellule ou la mélisse,
Mais l'enfant qui fait ton supplice

Résiste à mes magiques tours,
Et son cœur d'amours en amours,
Pauvre amant, volera toujours ! »

INUTILES VOYAGES

I

Celle que j'aime, où donc est-elle?
Elle se cache par cautèle
Dans une tour de brocatelle.

Où donc est la tour couleur d'or?
Plus haut que le vol du condor,
Sur un roc nu du Labrador.

19.

Alors j'ai fait, bon stratagème
A rejoindre celle que j'aime,
Un traîneau, d'une seule gemme.

Vers son rêve, dans un béryl,
S'est élancé non sans péril
Mon cœur ardent et puéril !

Mais quand il prit pied sur la roche
Où la tour de marbre s'accroche,
Ma belle avait fui son approche ;

Un bandit qui la gardera
L'a menée en quelque sierra !
Et mon cœur, longuement, pleura...

II

Celle que j'aime, où donc est-elle ?
Dans une île de granitelle
Que l'âpre ouragan démantèle.

Où donc est l'île de granit ?
Aux polaires mers où finit
Pour l'alcyon l'espoir d'un nid.

Alors, sur l'onde qui s'incline
Et se hausse en sombre colline,
J'eus pour nacelle une aveline.

Dans une coque, vers l'îlot
Mon cœur comme un fier matelot
A défié l'horrible flot !

Mais quand il prit pied sur la grève
Que le dur glaçon bat sans trêve,
Elle avait fui, l'enfant, mon rêve !

Elle avait suivi de bon gré
Un pirate de sang paré !
Et mon cœur, encore, a pleuré !

III

Celle que j'aime, où donc est-elle?
Dans l'étoile qui saigne telle
Qu'une écarlate cascatelle.

Où donc est l'astre au rouge feu?
Près de Vesper, au lointain bleu
Du ciel sans bornes ni milieu.

D'un fil de la Vierge, en la nue
Qui monte, monte et continue,
J'ai fait une échelle menue.

Mon cœur, grimpant dans les clartés
De l'ombre et des chemins lactés,
Chercha les beaux yeux convoités !

Mais à peine eut-il atteint l'astre
Qui dans l'énorme azur s'encastre,
Que l'enfant fuyait, ô désastre !

Notre Seigneur, pour ses amours,
L'a prise en ses divins séjours,
Et mon cœur pleurera toujours.

LES DOUBLES NOCES

Soir d'été! ton chaleureux vent
S'insinue et brûle, en levant
Jupe et guimpe, tout le couvent!

Sous le rideau qui te tamise,
La sœur Chloé, vierge promise
Au Seigneur, rêve sans chemise.

Comme au cratère de l'Etna

L'air est si brûlant qu'elle n'a

Pas plus de pudeur que Nana.

Ses innocences inquiètes

D'une vision d'aiguillettes

Soupirent : « O Dame qui êtes

Reine parmi les anges blonds

Que l'on voit de leurs cheveux longs

Frôler, tout nus, des violons,

Pensez qu'en ce cloître où nous sommes

Les destins sont bien économes

De nous montrer de jeunes hommes !

L'évêque et monsieur le curé

Ne portent plus, c'est avéré,

Qu'un cœur par les ans modéré,

Et loin de toute sabretache
Notre pensée en vain s'attache
A des chimères de moustache.

Certe il est très doux, cœurs à jeun,
Parmi les lys dont le parfum
Monte vers vous, d'en être l'un,

Mais cette nuit d'été, charmante
Et terrible, défend qu'on mente
L'espoir dont elle nous tourmente.

Un amant! ô Dame! un amant
(J'entends en songe seulement!)
Me serait un heureux calmant.

Accordez que, force et caresse,
Un époux, un seul! s'intéresse,
Pendant le somme, à ma tendresse,

20

Et dès que l'aube aura souri,
J'offrirai, pour ce seul mari,
Un cierge à votre autel fleuri! »

Pleine de foi dans l'entremise
Céleste, ainsi s'endort, promise
Au Seigneur, Chloé sans chemise.

Sainte Vierge! jamais en vain
Dans le palais ou le ravin
On n'invoqua ton nom divin.

Dame des cieux! vous êtes celle
Par qui l'aumône d'or ruisselle
En la mendiante escarcelle.

Au marin qui ne sait par où
Sortir des flots virants en trou
Vous ouvrez les ports du Pérou.

Vous faites d'une humble bergère
La reine d'un grand roi qui gère
Le sort d'une race étrangère,

Et même, lorsqu'il vous pria,
Vous prodiguez au paria
Plus qu'il n'espérait, Maria !

Dès l'aurore Chloé s'éveille,
Rayonnante, heureuse, pareille
A celles qu'un Charme émerveille,

Et, fidèle au vœu hasardeux,
A l'autel, en souvenir d'eux,
Au lieu d'un cierge, en offre deux !

L'ASSASSIN D'UNE ROSE

Loin de la vie et de la prose,
A l'heure où s'endort la névrose,
J'ai vu le spectre d'une rose !

Je l'ai vu dans mon œil fermé !
Il était triste et parfumé
Comme le deuil d'un mois de mai.

20.

Non sans allure solennelle
Il avait pour linceul une aile
Un peu blême de coccinelle.

Bien que rose encore, et si beau,
Il montrait, délicat lambeau,
L'horreur auguste du tombeau

Et, dans l'ombre crépusculaire,
Tout ce que le destin tolère,
Aux mânes des fleurs, de colère.

« O Caïn d'un calice-Abel,
Tremble! et crains l'arrêt sans appel, »
A-t-il dit comme Jézabel.

« Jamais plus en l'or des prairies
Ne te suivront les théories
Des vierges aux gorges fleuries!

Le rossignol module un point
D'orgue exquis quand l'étoile point!
Mais toi, tu ne l'entendras point.

Jamais, si longtemps que tu vives,
Tu ne seras l'un des convives
Des noisetiers près des eaux vives.

Ni sur la mer ni sur les champs
Tu ne verras les trébuchants
Désastres rouges des couchants!

N'attends pas qu'un sort te seconde
Jusqu'à t'offrir, pour ta faconde,
Le sourire d'une Joconde;

Et toujours, parmi le dédain
De la lisière et du jardin,
Jusqu'à ce que d'un fer soudain,

Vil Pétrarque ! tu te perfores,
Tu feras, pour de laides Laures,
Des poèmes sans métaphores ! »

Je criai, poète éperdu : `
« O spectre, pour quel dieu vendu
Un tel châtiment m'est-il dû ? »

Le spectre dit : « L'autre dimanche,
Au corsage vers qui se penche
Ton amour, j'étais rose blanche !

Et, sans crainte d'un assassin,
Je n'avais pas d'autre dessein
Que d'être fleur près d'un beau sein ;

Mais, celle où ton désir t'emporte,
Tu l'étreignis de telle sorte,
Brutal amant ! que j'en suis morte ! »

Alors, je dis : « Spectre de fleur !
Annonce malheur et malheur !
Et deuil et deuil ! et pleur et pleur !

Puisque, bouche ouverte et narine
Béante, j'eus sur ma poitrine
L'enfant neigeuse et purpurine,

Il n'est rien qui vaille, non, rien
Qui vaille, ô spectre aérien,
D'en souffrir, après un tel bien ! »

L'HONNÊTE DÉPOSITAIRE

I

Avare errant sans savoir où,
J'ai mis les trésors du Pérou
Au pied d'un arbre dans un trou.

J'ai couvert mon butin superbe
De terre, de cailloux et d'herbe
Et de ronce à l'épine acerbe.

Même en vingt ans, qui donc pourrait
Le trouver en cette forêt
Où mon pas furtif disparaît ?

Mais l'âpre ronce où la fallace
De la vipère s'entrelace,
D'une épine a montré la place ;

Quelque adroit rôdeur de sentier,
Mercelot, turlupin, routier,
A volé le trésor entier,

Et vers de lointaines patries
S'évanouirent les féeries
Du bel or et des pierreries !

II

Sous l'aube en pleurs dont la clarté
Teint d'un rose de rose-thé
Le brin d'herbe endiamanté,

Dans les bruyères qu'échevèle
Le vol prompt de la bartavelle,
J'ai chanté mon ode nouvelle!

21

Poète errant de-là, de-ci,
Les soirs, je l'ai chantée aussi
Sous l'arbre au feuillage roussi.

Mais le merle, émule équivoque,
Surprit le poème où j'évoque
L'art de Musée et d'Archiloque.

De l'aurore au soleil couchant,
Larron sonore, il dit mon chant
Triste et joyeux, rude et touchant,

Et la gloire enfin, sœur ailée
De la chanson qu'il m'a volée,
Avec l'oiseau s'est envolée !

III

Amant fou, tout mon cœur vainqueur
Des doutes et de la langueur,
Je l'ai mis dans un jeune cœur !

Dans le cœur d'une demoiselle
J'ai mis mes ferveurs et mon zèle
A mourir les deux yeux vers elle

Et mes beaux élans sans retour
Et mes rêves et mon amour
Éperdu du ciel et du jour!

Mais la loyale enfant éprise
Qui de l'onde où le ciel s'irise
A le charme, et non la traîtrise,

La bonne amoureuse au cœur sain
A jamais sous son jeune sein
Garde de dol et de larcin,

Fiertés, ferveurs, rêves, fidèle
Espoir de l'aurore immortelle,
Tout mon cœur extasié d'elle!

LES HYPOCRITES

« Vous avez, c'est sûr,
D'angéliques ailes
De neige et d'azur !

Quand, pleines de zèles,
A l'autel, en mai,
Vont les demoiselles,

21.

Blanche, et l'œil fermé,
Vous êtes un cierge
Pas même allumé;

La divine Vierge
Croit qu'un lys parmi
D'autres lys émerge.

Vous n'avez d'ami
Que l'oiseau qui jase
Au bois endormi;

Vous êtes un vase
Pur et précieux
Où fleurit l'extase;

Et l'on voit les cieux
Bleuir sous la frange
De vos cils soyeux!

Mais par vos airs d'ange
N'imaginez pas
Me donner le change.

Qu'il est ici-bas
D'âmes ingénues!
Certes, c'est mon cas.

Chaste sous les nues
J'ignore pourquoi
Les roses sont nues;

Au nid tiède et coi
Pourquoi l'on roucoule,
Je l'ignore, moi!

Si, parmi la houle
Des feuillages d'or,
Loin, loin de la foule,

Ta lèvre, trésor
Hélas ! dont me sèvre
Ma candeur encor,

Alarmait ma fièvre
D'un feu peu chrétien,
Je fuirais ta lèvre !

Pourtant je sais bien
Où le bât vous blesse,
Ange aérien,

Et sous la simplesse
Du nimbe, je vois
Vos cornes, diablesse ! »

Je me tus. Sa voix
De nonne qui prie
Dit : « Soit ! je vous crois !

Votre âme est fleurie
Comme un lys aussi
Du mois de Marie.

Jamais le souci
D'une tendre bouche
Qui sent le roussi,

Monsieur! ne vous touche;
Même aux jeunes seins
Vous êtes farouche;

Et vos purs desseins
Charment la phalange
Austère des saints.

Pourtant mes yeux d'ange
Pas encor déchu
Ont vu, c'est étrange,

Votre pied fourchu! »

LES CONFUSIONS POSSIBLES

La nuit met aux cieux
Des clartes mièvres,
Astres, ou tes yeux?

Mai parfume Sèvres
De rosiers en fleur,
Roses, ou tes lèvres?

Le flocon frôleur
A blanchi la plaine,
Neige, ou ta pâleur?

La chapelle est pleine
D'arômes ardents,
Myrrhe, ou ton hàleine?

Un collier luit dans
L'écrin qui le presse,
Perles, ou tes dents?

Lente, la tigresse
Bâille, ouvrant les doigts,
Griffe, ou ta caresse?

Au lointain des bois
Babille un ramage,
Fauvette, ou ta voix?

Le miroir d'un mage
Évoque mes vœux,
Ange, ou ton image?

L'or des blés aux feux
D'été se hérisse,
Gerbe, ou tes cheveux?

L'aronde qui trisse
Feint de se poser,
Aile, ou ton caprice?

Je sens s'attiser
Une âpre brûlure
Braise, ou ton baiser?

L'onde en la froidure
De l'hiver vainqueur
Gèle, claire et dure,

Glaçon, ou ton cœur?

NUIT FÉERIQUE

Sur la lisière où l'ombre abonde
Menez la ronde vagabonde,
Fée Oriane, ou fée Habonde !

Épanouissez sous les branches
Du bouleau qui penche les blanches
Incandescences de vos hanches !

Et tandis que, claire lacune,

S'ouvre en la nuit brune la lune,

Pâmez-vous d'amour l'autre et l'une,

En mêlant, de l'orme au mélèze,

Vos beaux pieds nus que baise à l'aise

La mousse et que l'épine lèse !

Pour boire le sang qui s'échappe

Sur la verte nappe, et que happe

La violette sous sa chape,

Pour cueillir, ô bacchantes fées

Par quelque Orphée ébouriffées,

L'astre dont vous êtes coiffées,

Je donnerais la charmeresse

Morbidesse de la caresse

Dont m'enchanta, hier, ma maîtresse,

Et les espoirs de la future
Joie, exquise et dure, qu'endure
Ma passion de la torture.

Pleureur de la tendre supplique
Mélancolique à qui réplique
Au loin la flûte bucolique,

Rossignol ! tu les vois, ces belles,
Briser sous elles, ribambelles
De tendres fleurs, les fleurs rebelles !

Vous les voyez, lune, étoile, ombre
Où les nefs d'or sombrent, sans nombre
Traverser l'herbe claire et sombre,

Et tu les vois aussi, pareille
A de l'or qui s'éveille, abeille
Où le regret de l'aube veille !

22.

Et tu les vois, silencieuse
Ramure creuse de l'yeuse
Où dort l'âme mystérieuse

Des vieux rêves! Mais moi, penché,
A cause d'un ancien péché,
Sur le velin d'encre taché,

Je ne vois rien! je ne vois pas
L'herbe frissonner sous tes pas,
Oriane, l'herbe où tu vas,

Et je suis, dans le soir obscur,
Errant vers quelque but peu sûr
Comme Renaud ou Percédur!

Mais ce m'est une jeune joie
De savoir qu'au bois où flamboie
La lune en le bouleau qui ploie,

Vous jetez, de clair ciel coiffées,

Fée et fée, à d'autres Orphées,

Vos étoiles ébouriffées !

TABLE DES MATIÈRES

HÉLAS

POUR QUATRE POÈTES

LES VAINES AMOURS

I

LES AMOURS DE JULIETTE

II

AMOURS DIVERSES

III

LES AMOURS DE MÉSANGE

LIEDS ET MENUS POÈMES

L'HYMNAIRE DES AMANTS

SCEAUX. — IMP. CHARAIRE ET Cie.

www.ingramcontent.com/pod-product-compliance
Lightning Source LLC
Chambersburg PA
CBHW070452030726
47503CB00004B/1002